Wolfgang Pauls

Kommissar Spaghetti

und der Känguru-Wahnsinn

Wolfgang Pauls, geboren 1948, ist Diplom-Psychologe und seit 1985 freiberuflicher Schriftsteller. Neben zahlreichen Kinderbüchern schreibt er auch Hörspiele und Drehbücher fürs Kinderfernsehen. Weitere Titel von Wolfgang Pauls bei dtv junior: siehe Seite 4

Hans-Jürgen Feldhaus, geboren 1966, studierte nach einer Ausbildung zum Lithographen Grafik-Design und ist für verschiedene Unternehmen und Verlage tätig. Er arbeitet mit vier anderen Designern in einer Ateliergemeinschaft in Münster und hat für dtv junior inzwischen zahlreiche Bücher illustriert.

Wolfgang Pauls

Kommissar Spaghetti

und der Känguru-Wahnsinn

Mit Zeichnungen von Hans-Jürgen Feldhaus

Deutscher Taschenbuch Verlag

Von Wolfgang Pauls sind außerdem bei dtv junior lieferbar:
Ein Versteck für den Fischotter, dtv junior 70166
Kommissar Spaghetti und das Schwein im Lehrerzimmer, dtv junior 70476
Kommissar Spaghetti und der Fernsehkiller, dtv junior 70477
Kommissar Spaghetti und die steinharten Pausenbrote, dtv junior 70478
Kommissar Spaghetti und die Muskelmonster, dtv junior 70479
Kommissar Spaghetti und der Computertrick, dtv junior 70513

Ungekürzte Ausgabe
In neuer Rechtschreibung
März 1999
Deutscher Taschenbuch Verlag GmbH & Co. KG, München

ISBN 3-85303-062-9
Umschlagbild und Umschlagtypographie: Hans-Jürgen Feldhaus
Gesetzt aus der Baskerville 12/14'
Gesamtherstellung: Kösel, Kempten
Printed in Germany · ISBN 3-423-70514-0

Auch in diesem Band sind wieder mit dabei:

Kommissar Spaghetti …

… heißt eigentlich *Giacomo Pomeriggio*. Ausgesprochen wird das *Dschackomo Pommeriedscho,* denn er ist Italiener. Und dazu einen Meter neunundneunzig groß und spindeldürr. Deshalb nennen ihn die Schüler auch *Spaghetti*.

Eigentlich spricht er perfekt Deutsch. Aber es macht ihm Spaß, nicht perfekt Deutsch zu sprechen. Besonders mit Rektorin Nothnagel. Von Beruf ist er Hausmeister an der Erich-Kästner-Schule in Lummelsbach. Sein Hobby sind verrückte Erfindungen. Deshalb ist er Mitglied im *Ersten und letzten italienisch-deutschen Nonsens-Erfinder-Klub der Weltgeschichte*.

Benny von Australien …

… ist ein Känguru. Genauer: ein männliches Rotes Riesenkänguru. Ganze ein Meter sechzig hoch und 70 Kilo schwer. Kommissar Spaghettis Bruder Alfredo hat es aus Australien mitgebracht. Jetzt lebt es mit seinem »Herrchen Giacomo« in der Hausmeisterwohnung.

Rektorin Isabella Nothnagel …

… bringt es auf hagere ein Meter fünfzig. Ihre Stimme gleicht dem Kreischen einer Kreissäge. Sie liebt bürokratische Vorschriften. Und streng ist sie …

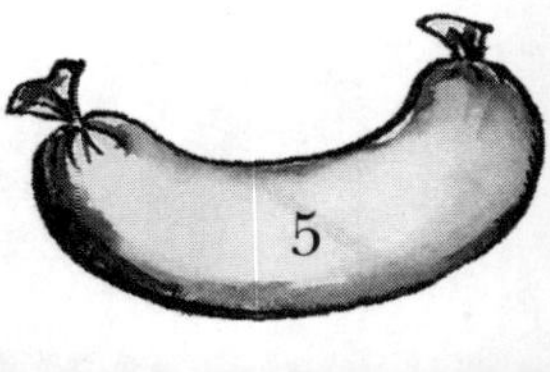

Frau Kertenbach-Besserkrott, Spitzname **Ach-du-liebes-Kind ...**
... ist immer schrecklich lieb zu den Kindern. Sie unterrichtet alles, aber am liebsten Musik.

Heribert Sack ...
... wäre lieber Astronaut als Lehrer geworden. Er wiegt vier Zentner und unterrichtet Mathe, Deutsch, Religion und Sport.

Kathrin, Benny (Spitzname **Gameboy-Benny), José, Mecki, Pelle, Anna-Maria, Manuela, Alex, Steven, Angela, Sebastian, Kevin, Eva** und und und ...
... das sind die Schülerinnen und Schüler der Erich-Kästner-Schule, die bei fast allen Fällen, die Kommissar Spaghetti löst, eine Rolle spielen.

1

Nun, ihr Lieben, wie fühlt ihr euch? Dies ist schließlich eure erste Projektwoche. Die erste an der Erich-Kästner-Schule überhaupt!«, flötete Frau Kertenbach-Besserkrott in das allgemeine Gebrabbel.

Nur Angela hatte die Frage verstanden – wenn auch anders, als von Frau Kertenbach-Besserkrott beabsichtigt.

»Ich hab Zahnweh!«, piepste sie.

Es war so laut in der Klasse, dass die gütigste aller Lehrerinnen Angela die Worte von den Lippen ablesen musste.

»Möchtest du zum Zahnarzt?«, fragte sie voll Mitleid.

Angelas Augen signalisierten: *Nein! Bitte nicht!*

»Nach Hause?«

Angela nickte dankbar.

»Gut, dann pack deine Sachen. Und am besten macht deine Mutter gleich einen Zahnarzttermin für dich.«

Das überhörte Angela.

»Ach äh, ... Angela: Sei so lieb, sag mir noch, mit wem du das Interview machen möchtest.«

»Mit Kathrin.«

»Na dann, ... gute Besserung!«

Nachdem Angela sich wie ein wandelndes Häuflein Elend aus dem Klassensaal geschlichen hatte, trällerte die Lehrerin mit der Phonstärke eines liebestollen Maikäfers: »So, ihr Lieben! Die erste Interviewgruppe hat sich gerade gebildet: Angela und Kathrin. Elf Lummelsbacher

Geschäfte und Betriebe haben wir auf unserer Liste. In allen wollen wir die Inhaber und Mitarbeiter befragen. Und zwar in Zweier- oder Dreiergruppen. Jetzt sagt mir bitte zuerst, wer mit wem gehen will.«

»Ich mit Pelle!«

»Nein, ich!«

»Immer du, hä?«

»Willste Schläge, oder was?«

»Mecki! Meeeeckiiii! Gehn wir zusammen?«

»Ich geh schon mit Anna-Maria.«

»Oooooch!«

»José, wir beide?«

»Wir, José?«

»José, wir!«

»Ich war zuerst!«

»Na und? Seit wann muss man hier anstehn?«

»So geht das nicht«, meinte Frau Kertenbach-Besserkrott.

Aber niemand hörte sie. Alles brüllte durcheinander: »Nein! Wir wollen nicht zu dritt!«

»Kevin und Benny suchen noch jemand. Frag die doch mal.«

»Häää? Du spinnst wohl!«

»Bitte, ihr Lieben, so geht es nicht!« Frau Kertenbach-Besserkrott breitete die Arme aus, als wollte sie die Klasse segnen.

»Dann geh ich eben allein!«

»Dürfen wir nicht.«

»Eh! Das ist mein Kaugummi!«

Frau Kertenbach-Besserkrott hob die Arme in die Höhe. »Jetzt hört bitte einen Augenblick her!«

Brabbelbrabbel, kabbelkabbel, zankzank, brüllbrüll ging es fröhlich weiter – bis Anna-Maria sich

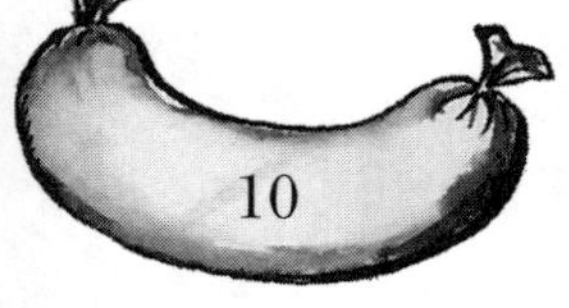

auf den Tisch stellte und aus Leibeskräften schrie: »Jetzt haltet endlich die Klappe! Frau Kertenbach-Besserkrott will was sagen!«

Das wirkte auf der Stelle: Das Gebrabbel wurde leiser, das Gekabbel ebbte ab, das Gebrüll verstummte.

Die gütigste aller Lehrerinnen lächelte glücklich und gestand: »Kinder, ich verstehe ja eure Begeisterung. Aber ihr müsst euch schon einigen. Ich frage euch jetzt der Reihe nach ab. Anna-Maria, mit wem möchtest du das Interview machen?«

»Mit Mecki.«

»Einverstanden, Mecki?«

»Ja.«

»So, Pelle, und du?«

»Ich geh mit Benny.«

»Benny geht mit mir!«

»Kevin, bitte! – Benny, mit wem gehst du?«

»Mit Pelle.«

»Arschgeige!«

Kaum zu glauben, aber zehn Minuten später hatte Frau Kertenbach-Besserkrott die Gruppen notiert. Jetzt mussten die Mädchen und Jungen sich nur noch darauf einigen, welche Gruppe wo hinging.

»Wer möchte zu Elektro Rüdel?«

»Wiiiiiiiiiiiiir!!!«, röhrte es aus zwölf Kehlen gleichzeitig.

»Also wieder der Reihe nach«, entschied Frau Kertenbach-Besserkrott ungewohnt streng. »Anna-Maria, Mecki – welche Firma besucht ihr?«

»Textilhaus *Rock-Oho.*«

»Benny und Pelle?«

»Die Sparkasse.«

Kathrin kam zum Schluss dran. Als schon alles vergeben war – bis auf die Metzgerei Porkmann …

»Nun, das ging ja hervorragend«, lobte Frau Kertenbach-Besserkrott ihre Schützlinge. »Jetzt brauchen wir uns nur noch die Fragen auszudenken, die wir unseren Interviewpartnern stellen wollen. Wer hat eine Idee?«

Die Hälfte der Fragen, die hinter ihrem Rücken durch die Klasse flogen, schrieb die Lehrerin an die Tafel.

Leider die falsche Hälfte. Denn was sie nicht anschrieb, war viel interessanter:

Warum verkaufen Sie so viel Schrott?

Haben Sie Ihre Schaufensterpuppen aus der Geisterbahn?

Womit waschen Sie sich die Hände, wenn Sie den ganzen Tag Käse verkauft haben?

Wann haben Sie das letzte Mal was gespendet?

Sie haben nur zwei Schaufenster. Können Sie nicht bis drei zählen?

Warum stellen Sie keine Kaugummi-Spuck-Maschinen her?

2

Den von Frau Kertenbach-Besserkrott genehmigten Fragenkatalog in der Hand betraten Angela und Kathrin am Morgen darauf die Metzgerei Porkmann. Fünf Frauen standen vor ihnen an und der alte Herr Steffenhagen – ein weißhaariger Gnom mit Schiffermütze und Manchesterhose, den es vor 33 Jahren von der Ostseeküste nach Lummelsbach verschlagen hatte.

Die Metzgerei war ein kleiner, altertümlich wirkender Fleischerladen, den Kurt Porkmanns Urgroßvater kurz nach der Jahrhundertwende gegründet hatte. Seine Nachfahren wurden den von ihnen verarbeiteten Borstentieren von Generation zu Generation ähnlicher. Das blieb auch Angela und Kathrin nicht verborgen.

Fasziniert beobachteten sie, wie der rosige Metzgermeister aus seinen Schweinsäuglein das Rippenstück fixierte, bevor er sein Hackebeil darauf niedersausen ließ.

»Dem fehlt nur noch ein Ringelschwanz!«, flüsterte Kathrin Angela zu.

Angela musste lachen – und fing sich prompt einen bitterbösen Fleischerblick ein.

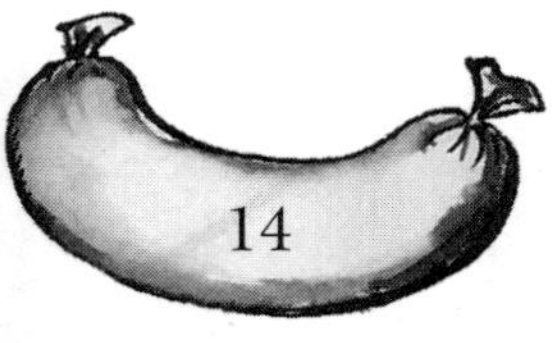

Das kriegte der alte Herr Steffenhagen mit. »Na, Kuddl«, fragte er den Metzgermeister und zog mit einem lauten Spuckegurgeln an seiner kalten Seemannspfeife, »bissu heut mit'n falschen Fuß aus'n Bett gestiegn?«

Kurt Porkmanns Rosa verfärbte sich in helles Ochsenzungenrot. Und der Schlag, mit dem er

das nächste Rippchen abtrennte, hätte ebenso gut einen toten Elefantenbullen zweigeteilt. Dazu grunzte er: »Dummes Friesenmaul!«

Die Kundschaft kicherte. Einschließlich Herrn Steffenhagen. Nur Frau Porkmann fand die Bemerkung ihres Mannes nicht lustig.

»Kurt!«, zischte sie ihn an, bevor sie ein entschuldigendes Lächeln über den Tresen schickte.

Der Urenkel des uralten Porkmann zerschlug den zweiten unsichtbaren Elefantenbullen und bediente schweigend weiter – bis eine junge Frau ihn fragte: »Haben Sie auch Biofleisch?«

Da legte er das Beil auf das Hackbrett, stemmte die Fäuste in die Seite und polterte los: »Bio? Was soll denn das für'n Tier sein? Wir haben Schweinefleisch und Rindfleisch. Wenn Ihnen das nicht genügt, kaufen Sie doch gleich in der Apotheke!«

»Das ... das muss ich mir nicht bieten lassen!«, schimpfte die Frau und war in null Komma nichts auf der Straße.

Metzgermeister Porkmanns Gesichtsfarbe hatte sich mittlerweile von Ochsenzungenrot in Ochsenblutrot verwandelt. Zack – zog er einen Flachmann aus der Kitteltasche und goss sich – gluckgluckgluck – einen kräftigen Schluck Birnenschnaps hinter die Binde.

Nun lief auch Frau Porkmann rot an.

Die Kundinnen warfen sich viel sagende Blicke zu.

Und Mecki flüsterte laut und deutlich: »Hä?«

Der alte Herr Steffenhagen rettete die Situation. Nachdem er spuckegurgelnd an seiner Pfeife gezogen hatte, holte auch er eine Mini-Schnapspulle aus der Tasche und prostete dem Metzgermeister zu: »Recht hassu, Kuddl. Ein' gut'n Sluck an frühen Morgen verjagt die Mücken und die Sorgen!«

Angela zupfte an Kathrins T-Shirt. »Komm, haun wir ab!«

Kathrin sah ihre Freundin verständnislos an. Sie fand super, was in der Metzgerei abging. War doch toll was los! Und während Angela drauf und dran war, sich aus dem Laden zu schleichen, studierte sie den Fragenkatalog. Welche Frage würde Herrn Porkmann wohl am wütendsten machen? ...

»Und was wollt ihr?«, blaffte der Fleischer die beiden an, als sie an der Reihe waren.

»Ein Interview!«

»Interview?«

»Mhm, ein Interview!«

Metzgermeister Porkmann tat so, als wären die beiden Mädchen mit ihrer dämlichen Antwort Luft für ihn. Wütend schnappte er sich ein Stück

Fleisch, zerschnitt es in Gulaschwürfel und stopfte die in die Hackepeter-Maschine.

Die Metzgersfrau wischte sich heimlich die Tränen aus den Augen, bevor sie Kathrin fragte: »Macht ihr das für die Schule?«

Kathrin nickte.

»Na, dann fragt mal!«

»Iiiiiiiiiiiija«, jaulte Kurt Porkmann mit der Knochensäge dazwischen. »Iiiiiiiiiiiija.«

Ein bisschen ärgerte sich Kathrin über die Metzgerin – die verdarb ihr glatt den Spaß.

Aber Angela war froh: Die Frau war nett und gab ihnen ausführlich Auskunft – bis im Durchgang zur Wurstküche das Telefon tutete.

»Schluss mit der Fragerei!«, bellte der Metzger.

Hastig reichte Frau Porkmann den Mädchen zwei Rindswürste über den Tresen. »Geht jetzt besser, Kinder!«

Angela rannte hinaus.

Kathrin schlurfte trotzig-langsam hinter ihr her. Als die Tür hinter ihr zuschwang, hörte sie den Metzger noch sagen: »Sie sollen doch nicht in der Geschäftszeit anrufen!« – Oder hatte sie sich verhört?

3

Voll blöd!«, motzte Kathrin, als sie ihr Fahrradschloss aufschnappen ließ und die Rindswurst in den Gepäckkorb schmiss. »Ich hätte ihn zu gern gefragt, ob er nicht lieber was anderes geworden wär als Metzger. Zum Beispiel Schauspieler. In 'nem Horrorfilm.«

Angela sagte nichts. Sie saß schon auf dem Sattel und ließ ungeduldig den Handbremshebel quietschen.

Erst als sie in die Frankfurter Straße einbogen, fand sie ihre Sprache wieder: »Wir kaufen immer bei Porkmanns. Manchmal ist da echt gute Stimmung. Dann macht der Metzger sogar Witze.«

»Der Giftzwerg? Kann ich mir nicht vorstellen!«

»Doch, ehrlich. Vielleicht war er nur betrunken.«

»*Nur* is' gut!«

Eine Weile radelten die beiden schweigend nebeneinander her.

Bis plötzlich jemand hinter ihnen wild klingelte und »Vorrrrsicht! Rrrrradelnder Viehfutterrrtrrransport!« rief.

Angela und Kathrin drehten sich gleichzeitig

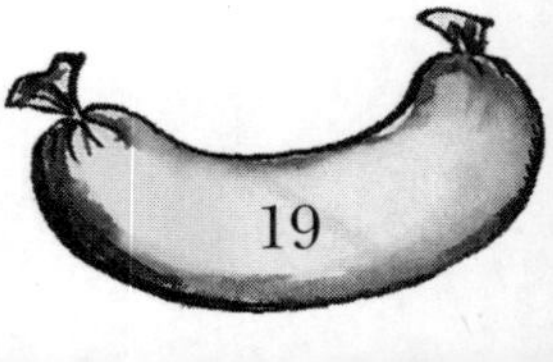

um – und lachten gleichzeitig los: Mit einem Affenzahn kam Hausmeister Pomeriggio hinter ihnen hergestrampelt. Auf dem achtzig Jahre alten italienischen Drahtesel, den er von seinem Urgroßvater mütterlicherseits geerbt hatte. Den Fahrradanhänger hatte er mit einem meterhohen, schwankenden Turm aus alten Waschmitteldosen beladen. Alle mit demselben Aufkleber:

PAUSENBROT-TROCKENFUTTER

für Kängurus, Schweine und andere Haustiere.
Hergestellt von der Jugend-forscht-AG der
Erich-Kästner-Schule in Lummelsbach.

(Vergleiche *Kommissar Spaghetti und die steinharten Pausenbrote.*)

»Kommst du von Mecki?«, fragte Kathrin den Hausmeister, als sie höchst verkehrswidrig in Dreierreihe nebeneinanderher radelten.

Der lange Italiener, den die Kinder seit dem *Schweinotop-Coup* Kommissar Spaghetti nannten, nickte vergnügt: »*Si, diretto,* auf kürzestem Wege. Benny und *Principessa* Julchen brauchen Nachschub.«

(Alles über das *Schweinotop* und die Sau *Princi-*

pessa Julchen in *Kommissar Spaghetti und das Schwein im Lehrerzimmer.*)

Dann runzelte er die Stirn und fragte: »Habt ihr auch Hunger? Ihr seht aus, als hättet ihr drei Tage lang gegrillte Seifenblasen gegessen.«

Kathrin grinste schief. »So komm ich mir auch vor, echt! Wir waren bei Porkmann. In der Metzgerei. Und da...«, berichtete sie Kommissar Spaghetti das Interview-Erlebnis.

Nachdem er einem hupenden Auto Platz gemacht hatte, wunderte sich Giacomo: »So kenn ich Kurt Porkmann gar nicht. Der ist doch sonst eher witzig und lacht gern.«

»Siehst du!«, murmelte Angela an Kathrins Adresse.

»Hm...«, mehr fiel Kathrin dazu nicht ein.

»Habt ihr Lust auf eine Tasse Cappuccino? Äh ... ich meine Kakao, mit Sahne«, schlug der lange Italiener den Freundinnen vor.

»Immer!«, strahlte Kathrin. »Ich hab meiner Mutter gesagt, wir brauchen mindestens eine Stunde für das Interview.«

Angela nickte zustimmend.

Auf dem Schulhof angekommen bepackte Kommissar Spaghetti jedes Mädchen mit drei Dosen Känguru- und Schweinefutter und Kathrin steckte er zusätzlich die Rindswurst zwi-

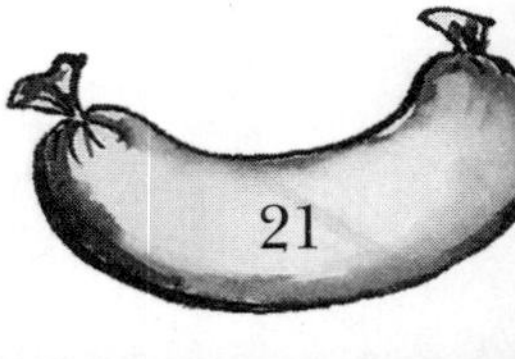

schen die Zähne. »Hier, vergiss dein Geschenk nicht!«

»Ummmpf!«, schimpfte Kathrin. Aber es half nichts, sie musste das Produkt Porkmannscher Metzgerkunst wie einen überdimensionalen Lutscher mit in die Hausmeisterwohnung nehmen.

Aus Protest bekam sie im Treppenhaus einen Schluckauf.

Kommissar Spaghetti amüsierte sich köstlich. »Sei froh, dass Frau Porkmann dir keine Schweinshaxe geschenkt hat. Dann könntest du überhaupt nicht mehr schlucken.«

Kathrin wollte ihm die Zunge herausstrecken. Aber das war leider unmöglich.

Der Hausmeister schloss die Wohnungstür auf und ließ den Mädchen den Vortritt.

Angela trat als Erste in den Flur. Sofort hoppelte ihr Benny entgegen, das Rote Riesenkänguru, das Giacomos Bruder Alfredo vor ein paar Jahren aus Australien mitgebracht hatte.

Neugierig schnüffelte Benny an den Kartons – bis Kathrin sich an Angela vorbeischob um ihre Last in der Küche abzuladen. »Hicks!«, machte sie und ließ die Rindswurst vor Känguru Bennys Nase wippen.

Benny machte einen Satz. Einen riesen Riesenkängurusatz. Bis ins Wohnzimmer. Fast wäre er dabei mit dem Schädel gegen den Türrahmen geknallt.

»Benny!«, schimpfte Kommissar Spaghetti erschrocken. »Was machst du für Sachen?! Wir sind hier nicht im australischen Busch!«

Und Kathrin rief aus der Küche, nachdem sie die Futterpakete abgestellt und die Rindswurst auf die Arbeitsplatte gelegt hatte: »Der spinnt – hicks –, ich hab bloß gehickst – hicks!«

Bald roch es verdammt lecker nach echtem, frisch gekochtem Kakao.

»Benny!«, rief der Hausmeister. »Wo bleibst du denn? Es gibt dein Leib- und Magengetränk!«

Aber Benny kam nicht.

»Komisch«, klärte Giacomo seine Gäste auf. »Sonst ist er ganz wild auf Kakao. Wenn er ihn nur riecht, kommt er schon angehoppelt und stupst mich: He, Giacomo, nun gieß mir endlich ein! Aber heute … hm.«

Kathrin sprang auf. »Ich hol ihn – hicks!«

Benny von Australien hatte sich in der äußersten Ecke des Wohnzimmers hinter Giacomos Schaukelstuhl verkrochen. Kathrin entdeckte ihn sofort und lief ungestüm auf ihn zu. »Komm – hicks –, Benny! Kakao!« Dabei streckte sie die Hand nach ihm aus. Die rechte Hand.

Vorsichtig lugte Kommissar Spaghettis Haus-

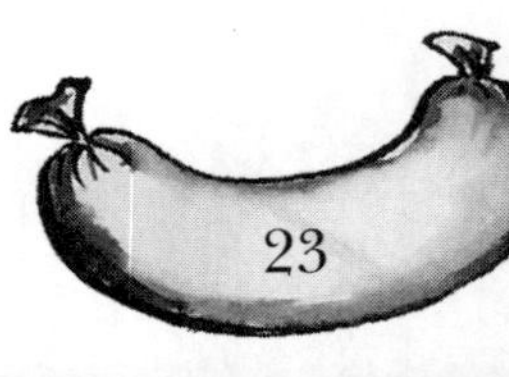

genosse hinter der Sessellehne hervor. Er legte den Kopf auf die Seite, und als Kathrins ausgestreckter Arm nur noch einen halben Meter entfernt war, sog er durch die geweiteten Nüstern geräuschvoll Luft ein.

Hm, er schnüffelt an mir, dachte Kathrin. Und laut fragte sie: »Kennst du mich nicht mehr, Benny? Hicks. Oder riechst du den Kakao?«

Wie zur Antwort hüpfte das Känguru in die Höhe. Dabei stieß es mit der Schulter gegen den Schaukelstuhl und der fiel polternd gegen den Heizkörper.

»*Mamma mia!*«, rief Giacomo. »Spielt ihr Stühlewerfen?« und steckte den Kopf aus der Küchentür.

Das hätte er nicht machen sollen. Denn mit

seinem zweiten Satz flog das Riesenbeuteltier durch den Flur und knallte – klack, boing – Kopf an Kopf mit seinem Herrn und Meister zusammen.

»*Ohi!* Au!«, schrie der Hausmeister und rieb sich den Schädel.

Benny steckte die Karambolage unbeeindruckt weg. Hopp – war er an der Wohnungstür, und

– trrr trrr trrr – trommelte mit den Vorderpfoten dagegen.

Kommissar Spaghetti schüttelte besorgt den Kopf. »*Strano,* seltsam, so hat er sich noch nie aufgeführt. Oder doch? ... Was hast du mit ihm gemacht, Kathrin?«

»Wieso gemacht? Und wieso ich?«, protestierte Kathrin – mit dem Schreck war sie offenbar ihren Hicks losgeworden. »Er macht was mit mir! Ich bin bloß auf ihn zugegangen. Da hat er an mir geschnuppert, als wär ich zum ersten Mal hier. Und dann ist er durchgedreht.«

»Durchgedreht...«, murmelte Kommissar Spaghetti. »Hab ich mich damals doch nicht getäuscht? Im Mai, meine ich. Als Benny hypnotisiert war. Euern Klassenkameraden meine ich. Da hatte ich doch zuerst geglaubt, es hätte meinen Benny auch erwischt.« (Vergleiche *Kommissar Spaghetti und der Computertrick.*)

4

Nachdem die Mädchen gegangen waren, näherte der lange Italiener sich behutsam seinem verstörten Liebling. Das Känguru zitterte, als er die Hand nach ihm ausstreckte um es zu streicheln. Wieder sog es die Luft durch die Nüstern ein. Aber diesmal blieb es dabei in seinem Versteck hocken.

»Benny! *Il più caro animale,* liebstes Tierchen! Was ist los mit dir? Hat Kathrins Schluckauf dich erschreckt? Brauchst doch keine Angst zu haben! Ist zwar ein seltsamer Laut, aber ungefährlich. Hörst du? Vollkommen ungefährlich!«

Den ganzen Abend lang beobachtete Giacomo sein Riesenkuscheltier und es schien ihm, als hätte es sich wieder beruhigt. Nur eins gefiel ihm nicht: Benny wollte nicht fressen – das heißt: Er hüpfte erst gar nicht in die Küche…

Am nächsten Morgen, in der großen Pause, erkundigte sich Rektorin Nothnagel bei Frau Kertenbach-Besserkrott und Herrn Sack nach dem Stand der Dinge.

Frau Kertenbach-Besserkrott war mit den

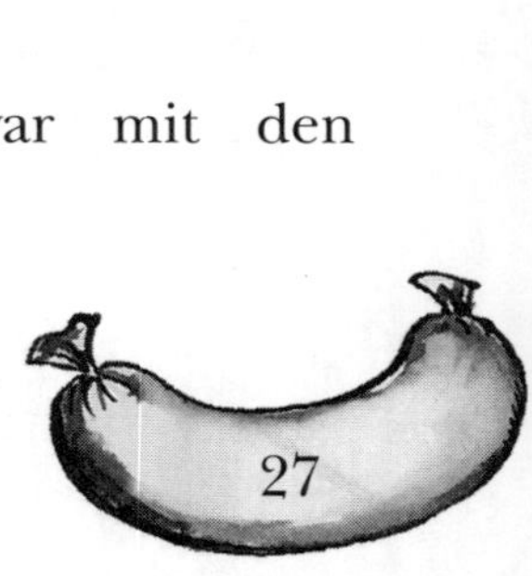

Ergebnissen des ersten Projekttags zufrieden. Von Angela und Kathrin einmal abgesehen, hatten alle Jungen und Mädchen in einer freundlichen, entgegenkommenden Atmosphäre ihre Fragen stellen können.

Auch Herr Sack konnte Erfreuliches berichten: Bereits am ersten Projekttag hatte er mit seiner Gruppe ein Fernrohr gebastelt. Aus einem Ofenrohr, das er vom Sperrmüll gerettet hatte, der Riesen-Leselupe seiner Oma und den ausgedienten Brillen, die die Schüler in Schubladen und Schrankfächern ihrer Eltern gefunden hatten. Jeden Abend nahm eine Schülerin oder ein Schüler das Ofenrohr-Lupen-und-Brillenglas-Fernrohr mit nach Hause um zusammen mit einem anderen Gruppenmitglied die von Herrn Sack vorgegebene Himmelsgegend nach Sternbildern abzusuchen. Den Anfang hatten Jan Lobbars und Henning Witt gemacht…

Die Sicht an diesem Abend war hervorragend. Die Jungen wuchteten das Rohr aus dem Dachfenster von Jans Zimmer.

Henning schaute als Erster durch.

»Irre!«, jubelte er. »Wie der Vollmond!«

»Lass sehen!«

»Warte! Gleich.«

…

»Du guckst jetzt schon drei Minuten! Ich will auch mal!«

Grinsend überließ Henning seinem Klassenkameraden den Platz am Ofenrohr.

Der wunderte sich: »Da ist ja gar nichts. Alles schwarz.«

Henning grinste noch breiter. »Jetzt hat sie ja auch das Licht ausgeknipst.«

»Wer?«

»Das Mädchen im Haus gegenüber.«

Herrn Sack berichtete Henning am anderen Morgen, er habe den Vollmond gesehen – rund und schön. Jan hielt dicht – schließlich wollte er seinen Misserfolg nicht eingestehen.

»Sehen Sie, mein Konzept geht auf«, strahlte die hagere Schulleiterin, nachdem Frau Kertenbach-Besserkrott und Herr Sack sie informiert hatten. Dass die beiden drei Jahre gebraucht hatten um sie von der Notwendigkeit einer Projektwoche zu überzeugen, hatte sie offensichtlich vergessen.

Die Tür zum Lehrerzimmer schwang auf und schwungvoll kurvte Hausmeister Pomeriggio um die Ecke – gefolgt von Benny Känguru.

Wie eine Maske fiel die selbstgefällige Lebensfreude von Frau Nothnagel ab und brachte ihr wahres Gesicht zum Vorschein: bissige Grantigkeit.

»Herr Pomeriggio!«, keifte sie den Hausmeister an. »Ich dulde Ihr sogenanntes Haustier nicht im Schulhaus. Jedenfalls nicht außerhalb Ihrer Wohnung! Wie oft soll ich Ihnen das noch sagen?!«

»Viele tausend Male, verehrte Signora Nothenagel. Weckt doch die Klang von Ihre wundervolle Stimme in mir die Erinnerung an die schönste Jahre von meine Kinderheit: an meine Schulezeit. Ihre Stimme ist nicht wie die Dingdong von den Gong in die heutige Schulen. Nein, sie ist wie die schrillste Schrillen, die mich riss aus verbotene Träume, welche ich träumte in die Unterricht von Religion und Mathematik. Schimpfen Sie mir aus, Signora Nothenagel! Schimpfen Sie laut und lange! Lassen Sie die Schuleglocke aus die fernsten Fernen von meine verlorene Kinderheit herüberklingen. Ich danke Ihnen, verehrteste Signora. *Tante grazie*!«

Was sollte die Schulleiterin darauf antworten? Wenn sie ihn anschrie, würde sich der Hausmeister noch einmal bei ihr bedanken. Und freundlich auf seine Frechheiten einzugehen, dazu war sie schon gar nicht in der Lage. Also tat sie, als hätte sie nichts gehört, und ließ von neuem die Muskeln spielen: »Herr Pomeriggio, sind die Schaukästen für die Ergebnisse der Projektwoche nun endlich fertig?«

»Gerade wegen die Schauekästen wage ich es, Sie in diese wichtige Konferenze zu zerstören. Wie viele Kästen brauchen Sie, Signora Nothenagel?«

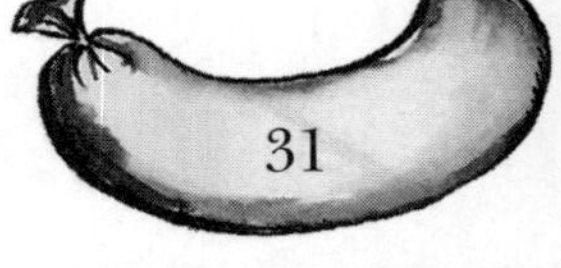

»Das habe ich Ihnen auch schon mehrmals gesagt: zwei Schaukästen, Herr Pomeriggio. Zwei!!!«

»*Due*, Signora Nothenagel. Zwei!!!«, wiederholte Kommissar Spaghetti und lächelte dabei so unverschämt breit, dass die Rektorin genau wusste: Er lacht mich aus. Aber beweisen konnte sie ihm das nicht. Unverschämter Kerl!

Da musste selbst Frau Kertenbach-Besserkrott lächeln. Und Herr Sack genehmigte sich zur Feier des Tages ein extra dick belegtes Brötchen. Einen Meter von ihm entfernt stand Känguru Benny neben seinem Herrchen. Das heißt, es hatte gestanden. Denn mit einem Mal spielte es verrückt.

»Iiiiiii! Uuuuu! Halt! Au! Aufhören! Schluss! Aus! Platz!«, schrie Frau Nothnagel, während das wild gewordene Beuteltier wieder und wieder mit Riesensprüngen um die versammelte Lehrerschaft herumsauste. Der Sessel der Schulleiterin versperrte am Kopfende des Konferenztisches den Gang zwischen Tisch und Wand. Aber Benny wollte und musste da durch. Immer wieder. Was machte er also? Er sprang mit einem gewaltigen Satz über die kleine Rektorin hinweg.

»Iiii! Uuuuu! Au!«, schrie sie dabei. Und »Halt! Schluss! Aus!«, rief sie, wenn Benny das gegenüberliegende Tischende umrundete.

Kommissar Spaghetti hatte keinen Blick für die Komik dieses Hindernislaufs. Zu sehr schockte ihn der erneute Anfall seines Lieblings. Er hatte nur einen Gedanken: Ich muss Benny stoppen! Ihn beruhigen!

Unwillkürlich spürte er: Das Känguru hüpft im Kreis, weil es sich im Lehrerzimmer eingesperrt fühlt. Es will vor irgendetwas fliehen und kann nicht raus. Deshalb riss er die Tür auf und – Benny Känguru segelte an ihm vorbei, den Flur entlang, die Treppe hinunter – gefolgt von seinem Herrn und Meister.

Frau Nothnagel war weiß wie die Wand, als sie fluchend unter dem Tisch hervorkroch. »Wie der Herr, so's Gescher. Mistvieh, vermaledeites! Das hat man nun von seiner Güte. Nicht einen Tag lang hätt ich ihm erlauben dürfen dieses Riesenvieh in der Wohnung zu behalten. Nicht einen Tag!«

5

Eine halbe Stunde hatte es gedauert, bis es Kommissar Spaghetti gelungen war, Benny von Australien einzufangen. Und erst, als er fast neunzig Minuten lang beruhigend auf das Känguru eingeredet, ihm auf den Rücken geklopft, Kakao gekocht und Märchen vorgelesen hatte, beruhigte es sich, legte sich auf seine Kuscheldecke und fiel in einen todesähnlichen Schlaf.

Es fehlte nicht viel und Giacomo hätte sich dazugelegt. Aber so erschöpft er auch war, die Sorgen um seinen Hausgenossen waren größer als der Wunsch, sich auszuruhen.

Seine Gedanken fuhren Karussell. Er musste mit jemand reden. Musste aussprechen, was ihm durchs Hirn geisterte. Ordnung in das Chaos bringen.

Kurz entschlossen rief er Angela und Kathrin an. Angela hatte Klavierunterricht und durfte nicht gestört werden.

Kathrin ließ die Hausaufgaben Hausaufgaben sein und schwang sich aufs Rad.

Hm, wen konnte er noch anrufen? Pelle vielleicht. Oder José? Ja, der würde sich freuen ihm zusammen mit Kathrin denken zu helfen…

Als die beiden mit ihm am Küchentisch saßen, fühlte sich Kommissar Spaghetti ein wenig besser. Aber die Angst um Benny war immer noch da.

Kathrin versuchte ihn zu beruhigen: »Nun sieh nicht gleich total schwarz, Giacomo! Diese Tobetour hat Benny doch schon mal gehabt. Bei der Gameboy-Geschichte. Damals hast du auch geglaubt, er wär verrückt. Oder wenigstens hypnotisiert. Und nix war!« (Vergleiche *Kommissar Spaghetti und der Computertrick.*)

»Damals ist damals und heute ist heute«, wischte der Hausmeister den gut gemeinten Einwand vom Tisch. »Damals war er nur überdreht. Heute hat er Angst. Panische Angst – und das wegen einem Schluckauf! Du hast doch selbst gesehen, wie er gezittert hat. Und nach seinem Tobsuchtsanfall im Lehrerzimmer war das noch schlimmer.«

»Was war denn eigentlich los im Lehrerzimmer?«, wollte José wissen.

»Hm«, ratlos zuckte Kommissar Spaghetti die Achseln. »Das würde ich auch gern wissen. Kathrin hat einen Schluckauf gehabt und Benny hat sich hinterm Schaukelstuhl verkrochen. *Bene,* gut, da besteht ein Zusammenhang. Aber im Lehrerzimmer? Da hat niemand gehickst!«

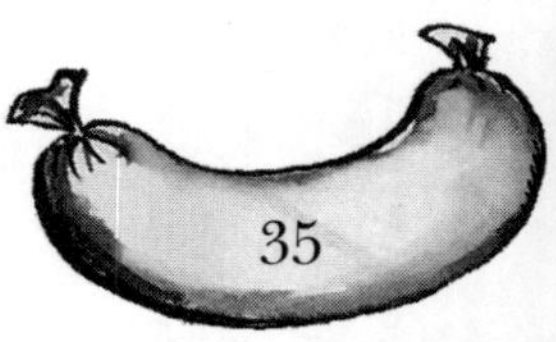

»Trotzdem, irgendwas muss doch gewesen sein.«

»Fragt sich nur, was.«

»Also, als ich gehickst hab, hat ihn das erschreckt«, sinnierte Kathrin. »Was hat ihn im Lehrerzimmer erschreckt? Das müssen wir rauskriegen.«

Giacomo musste lachen. »Frau Nothnagels Gesicht, als ich ihr gesagt habe, was für eine wundervolle Stimme sie hat.«

Kathrin nahm die Nachforschungen zu ernst um mitzulachen. Schließlich ging es um Benny von Australien! Nachdenklich fragte sie: »War das denn der Augenblick, in dem er losgetobt ist?«

Giacomo schüttelte den Kopf. »Nein, aber ehrlich gesagt, so genau erinnere ich mich nicht mehr an die Einzelheiten.«

»Dann helfen wir eben nach«, bestimmte Kathrin.

José grinste. »Und wie soll das gehn? Willst du Giacomo mit der Fliegenklatsche auf den Hinterkopf patschen, damit's ihm wieder einfällt, oder was?«

»Quatsch. Wir spielen die Szene nach. Ich bin Frau Kertenbach-Besserkrott und Frau Nothnagel.«

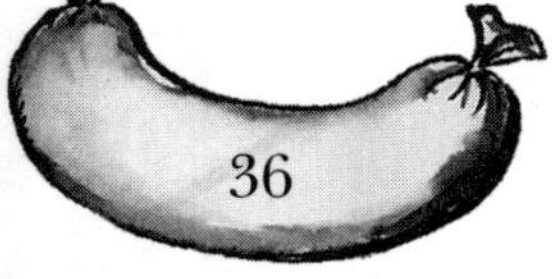

»Am besten gleichzeitig«, flachste José.

»Mann, kannst du denn nur Scheiß machen?! Wir haben nich' ewig Zeit, weißt du!«

José wurde rot. So hatte ihn Kathrin noch nie angefahren. Also riss er sich zusammen und hakte, ohne zu grinsen, nach: »Nee, im Ernst, du kannst die beiden doch nicht gleichzeitig spielen, oder?«

»Das muss ich auch nicht. Die sprechen ja wohl kaum im Chor, hm? Wenn Frau Nothnagel was sagt, sprech ich wie Frau Nothnagel, und wenn Frau Kertenbach-Besserkrott spricht, wie Frau Kertenbach-Besserkrott – ist das so schwer zu verstehen?«

»Nun streitet euch nicht!«, versuchte der Hausmeister zu vermitteln. »Ich find die Idee prima. Ich spiel dann mich selbst.«

Kathrin nickte. »Okay. Und José ist Herr Sack.«

»Auch das noch«, murmelte José. Mehr traute er sich dagegen nicht einzuwenden.

»Wo haben die drei gesessen? Ich mein, Frau Nothnagel, Frau Kertenbach-Besserkrott und Herr Sack?«, fragte Kathrin und sprang auf.

Giacomo kratzte sich am Kinn. »Na ja, also ... wie immer: Nehmen wir an, die Küchentür ist die Tür vom Lehrerzimmer, dann steht der Tisch so ...«

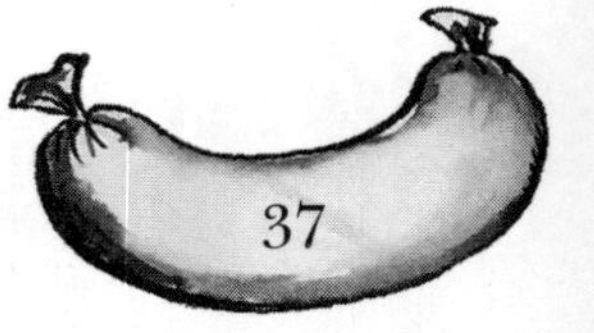

Gemeinsam rückten Kathrin, José und Kommissar Spaghetti den Küchentisch und die Küchenstühle so zurecht, dass die Anordnung der Sitze der im Lehrerzimmer entsprach.

Kathrin war Feuer und Flamme. »Super! Jetzt sind wir die Lehrer. Also, was haben wir gemacht – als Lehrer, mein ich?«

»Hm ... nichts, würd ich sagen.«

»Nichts? Aber ... irgendwas müssen sie doch gemacht haben.«

»Tja, geredet...«

»Und was?«

»Ah ja, jetzt fällt mir's wieder ein: Frau Nothnagel hat mich angeblafft. Wegen der Schaukästen. Und ich hab sie hochgenommen.«

»Die Schaukästen?«

»Nein, Frau Nothnagel.«

José machte ein Gesicht, als guckte er in den chinesischen Duden.

Jetzt musste auch Kathrin lachen. »Hochgenommen, auf den Arm genommen, verarscht«, klärte sie ihren Verehrer kichernd auf. Aber sofort war sie wieder bei der Sache. »Und als du sie hochgenommen hast, da hat Benny verrückt gespielt?«

»Nein. – *Maledizione,* verdammt, was war da denn bloß noch los?«

»Hat irgendeiner was gemacht? 'ne plötzliche Bewegung oder so«, mischte José sich in das Verhör ein.

Eine Weile dachte Kommissar Spaghetti angestrengt nach. Dann schüttelte er den Kopf. »Eine plötzliche Bewegung? Nein. Ach-du-liebes-Kind hat gegrinst...«

»Echt?«

»Na ja, gelächelt... Und Herr Sack hat gegessen.«

Kathrin richtete sich im Sitzen auf. »Gegessen? Was gegessen?«

»Ganz normal: eins von seinen Brötchen.«

Es entstand eine Pause, in der Kathrin das Kinn in die Hände stützte und auf ihrem Stuhl vor und zurück wippte.

José und Giacomo sahen sich an: Hatte sie eine Idee? Eine Spur?

»Gegessen, gegessen, gegessen – gegessen, gegessen, gegessen – gegessen, gegessen, gegessen«, murmelte Kathrin. Dann sprang sie auf und rief: »Ich hab auch gegessen – das heißt, was im Mund gehabt.«

José verstand überhaupt nichts mehr.

Aber Kommissar Spaghetti dämmerte, worauf Kathrin hinauswollte. »Du meinst gestern. Als du mit Angela...«

»Ja! Logo! Du hast mir doch die Wurst in den Mund gestopft. Die Rindswurst!«

Für einen Augenblick war nur das Ticken des Küchenweckers zu hören.

Dann sagte José mit einer Selbstverständlichkeit, als hätte ihn jemand nach der Uhrzeit gefragt: »Rinderwahnsinn.«

»Rinderwahnsinn???«

Das war keine Frage. Ein Aufschrei war es, mit dem Kathrin und Giacomo gleichzeitig auf Josés trockenen Kommentar reagierten.

José wurde schon wieder rot. Aber diesmal vor Schreck. Genaugenommen wusste er selbst nicht, welcher Teufel ihn geritten hatte. Das Wort war plötzlich in seinem Kopf gewesen. Als Gag, als Witz, als irgendwas. Und außerdem war es logisch: *Rindswurst plus Känguruwahnsinn gibt Rinderwahnsinn.*

»Meinst du das im Ernst?«, fragte Kathrin.

José wusste nicht, was er darauf antworten sollte. Also schwieg er.

Kathrin marschierte in der Küche auf und ab, als wollte sie Benny Konkurrenz machen. »Das ist doch der pure Unsinn!«, ereiferte sie sich. »Er hat doch überhaupt nichts von der Wurst gegessen.«

Ganz zum Deppen wollte sich José denn doch

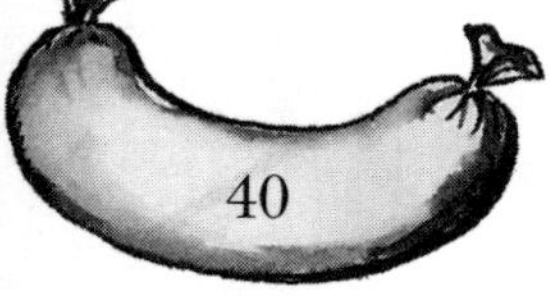

nicht stempeln lassen. »Aber gerochen hat er sie!«, verteidigte er sich.

»Mann, der Rinderwahnsinn ist 'ne Krankheit. Und in der Wurst, da können höchstens die Bakterien sein oder die Viren oder was weiß ich. Die riechen nicht und die fliegen auch nicht durch die Luft.«

Jetzt stand auch Giacomo vom Tisch auf und stakte mit seinen langen Beinen vom Tisch zur Tür und von der Tür zum Tisch.

»Wenn ich nur wüsste...«, brummelte er dabei.

»Was wüsste?«, fragten Kathrin und José wie aus einem Munde.

»Wenn ich nur wüsste, was Herr Sack auf seinem Brötchen hatte.«

»Wir können ihn ja fragen!«

Trotz seiner Anspannung musste Kommissar Spaghetti grinsen. »Wenn ihr meint...« Und schon war er auf dem Flur beim Telefon und wählte Herrn Sacks Nummer.

»Hallo, Herr Sack, hier spricht Ihre Hausmeister Pomeriggio. Ich, äh ... ich habe da eine Frage ungewöhnliche. Aber dazu muss ich Sie eine Geheimnisse verraten... Ich bin ebenso wie Sie eine große Feinschmecker und Essen ist ... äh ... meine Leidenschaft... Nur, ich gehe davon nicht in die Runde, sondern in die Länge. Sie verste-

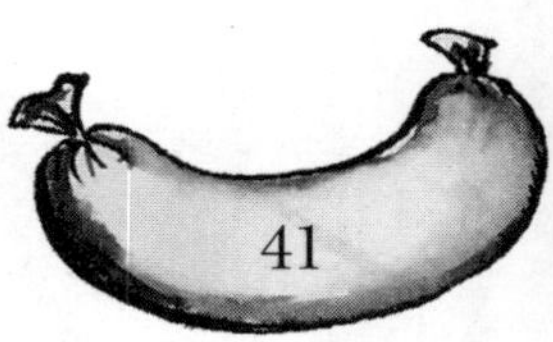

hen? … *Si,* und aus diesen Grunde wollte ich Sie fragen … aus reine Appetit, Sie verstehen … wollte ich Sie fragen nach die Brötchen, die Sie gegessen haben heute in die Lehrerzimmer, als ich lobte Signora Nothenagels wuuunderbare Stimme … Sie erinnern? … Wunderbar! – Und nun ich rieche Tag und Nacht die wuuunderbare Geruch von Ihre Brötchen und würde mir zu gerne eine ebensolche zu Magen und Gemüte führen … Sie verstehen? Ich heißhungere, Herr Sack. Heißhungere!!«

Kathrin und José hingen an Giacomos Lippen. Glaubte Herr Sack ihm?

»*Si*«, sagte Kommissar Spaghetti. »Ja. Ja. Und viele herzliche Dank, Signore Sack.« Dann legte er den Hörer auf.

Seine Mitstreiter platzten fast vor Neugierde. »Was ist? Was hat er gesagt?«

Der Hausmeister sah nicht gerade fröhlich aus. Als hätte Herr Sack ihm einen fernmündlichen Leberhaken versetzt, ließ er sich auf seinen Stuhl sinken und schaute Kathrin und José lange und nachdenklich an.

»Er hat gesagt, dass er Rinderbraten auf dem Brötchen hatte. Aus der Metzgerei Porkmann.«

»Verdammt!«

»Wahnsinn!«

»Aber das ist doch … das ist doch unmöglich, dass Benny die Krankheit riecht.«

Giacomo wiegte den Kopf. »Auf dem Flughafen haben sie Rauschgift-Schnüffel-Hunde. Und neuerdings auch Schnüffel-Schweine!«

»Und wenn ein Gewitter kommt, dann gehen manche Katzen schon Stunden vorher die Wände hoch!«, fiel José dazu ein.

»Ja«, sagte Kathrin leise und setzte sich zwischen die beiden. »Katzen merken sogar, wenn ihr Frauchen einen Unfall hat. Selbst wenn sie tausend Kilometer entfernt sind.«

»Aber Benny ist keine Katze und kein Schwein und kein Hund!«, rief Kommissar Spaghetti und schlug dabei mit einer solchen Wucht auf den Küchentisch, dass sein Hausgenosse aufwachte und müde in die Küche gehoppelt kam.

Zärtlich nahm Giacomo sein Känguru in den Arm. »Benny, bist du wirklich so ein Super-Schnüffel-Wundertier, dass du den Rinderwahnsinn riechen kannst? Ehrlich gesagt, ich kann's nicht glauben. Und warum drehst du dabei so durch, hm? Hast du Angst, du könntest dich anstecken?«

»Vom Riechen bestimmt nicht«, sagte José – und wurde zum dritten Mal an diesem Nachmittag knallrot. Was redete er schon wieder für dummes Zeug!

Erschrocken fragte Kathrin: »Was meinst du?«
»Ich weiß nicht. Nur so...«
Dann sah Kathrin Kommissar Spaghetti an. »Ich hab die Wurst ja nur im Mund gehabt. Aber ... hast du sie gegessen, Giacomo?«
»Nein, weggeschmissen. – Aber Angela...«
»Und Herr Sack!...«
»Und all die anderen Lummelsbacher, die bei Porkmann kaufen, die haben sich jetzt...« José sprach den Satz nicht zu Ende.

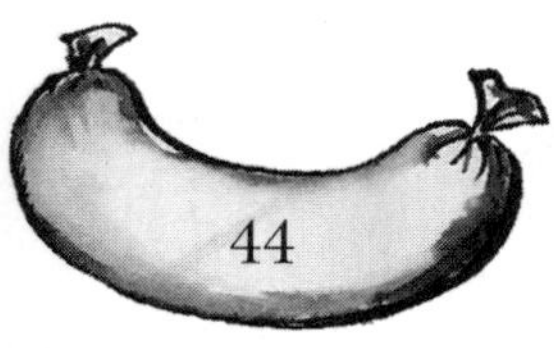

»Nun macht mal halblang!«, bremste Kommissar Spaghetti die Fantasie seiner Mitdenker. »Noch wissen wir gar nichts. Das sind alles nur Vermutungen! Du hast doch selbst gesagt, Kathrin, ich soll nicht gleich alles so schwarz sehen. Also: Ruhe und Besonnenheit sind angesagt. Auf jeden Fall werde ich Benny weiter beobachten. Und dann rede ich mal mit Kurt Porkmann. Normalerweise schlachtet er selbst. Aber manchmal kauft er auch Fleisch dazu. Das hat er mir irgendwann erzählt.«

»Porkmann!«, rief Kathrin. »Den hab ich ja ganz vergessen. Wie der sich benommen hat… Jetzt versteh ich einiges!«

6

Kurz entschlossen radelte Kommissar Spaghetti zur Metzgerei Porkmann. Benny ging es offensichtlich gut. Er konnte ihn also allein lassen. José und Kathrin wollten natürlich mitkommen. Aber Giacomo schüttelte energisch den Kopf. Und an Kathrins Adresse sagte er: »*No,* es ist besser, ich gehe allein. Nach euerm Interview bist du ein rotes Tuch für den Metzger.«

Zuerst wollte Kathrin protestieren. Aber dann gab sie Giacomo Recht. »Okay. Aber ruf gleich an, wenn du was rausgekriegt hast!«

»*Parola d'onore, Signorina,* Ehrenwort!«

Seltsamerweise versuchte José gar nicht erst, Giacomo davon zu überzeugen, dass seine Begleitung unproblematisch wäre. Seltsamerweise? Räusper, räusper... Wenn der Hausmeister allein zu Porkmann ging, konnte er ein Stück Wegs mit seiner Angebeteten radeln. Auch nicht schlecht, oder? ...

Als Kommissar Spaghetti den Laden betrat, schwang der schweinsäugige Metzger das Hackebeil, als wäre seit Kathrins und Angelas Besuch die Zeit stehen geblieben.

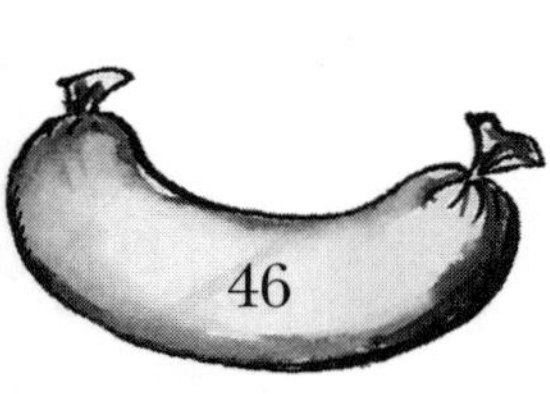

»Guten Tag!«, rief Giacomo mit gespielter Fröhlichkeit.

Frau Porkmann grüßte freundlich zurück, während der Metzger mit einem gezielten Hieb den dreiundachtzigsten Elefantenbullen des Tages zerteilte. Den neuen Kunden würdigte er keines Blickes. Dafür schenkte er seiner Armbanduhr um so mehr Aufmerksamkeit. Und dem Stück Straße, das der Blick durch die Schaufensterscheibe freigab...

Kommissar Spaghetti hatte sich keine Taktik zurechtgelegt. Er wollte aus dem Augenblick heraus entscheiden, wie er den Metzger am geschicktesten auf das Thema Rinderwahnsinn bringen könnte.

Als Frau Porkmann ihn fragte: »Was darf es heute sein, Herr Pomeriggio?«, antwortete er einer Eingebung folgend: »500 Gramm Rinderleber, 200 Gramm Rindssalami, 1 Kilo Rindergulasch und 150 Gramm Aufschnitt vom Rinderbraten.«

»Rinderleber haben wir heute keine, nicht wahr, Kurt?«, fragte die Metzgerin ihren Mann.

»Nein!«, war die knappe Antwort, die er mit einem Hackebeil-Donnerschlag ungeahnter Lautstärke unterstrich.

Frau Porkmann schüttelte den Kopf. »Tut mir

Leid, Herr Pomeriggio, Leber ist keine mehr da. Außer vom Schwein.«

»Nein, nein, danke schön, dann nehme ich lieber ein Rückensteak. Vom Rind. Wissen Sie, Ihr Rindfleisch, das schmeckt in letzter Zeit so hervorragend, da kann ich gar nicht genug von bekommen.«

Rums! Peng! – das war Hacke-Kurts Antwort.

Und während Frau Porkmann verlegen »So? Ja?« sagte, kriegte sie rote Flecken am Hals. Schweigend wog sie die Salami und den Rinderbraten ab.

Der Metzger klatschte ein Stück Fleisch auf das Hackbrett und zerschnitt es in gleich große Gulaschwürfel. In einem Affentempo. Und immer um Haaresbreite an seinem Daumen vorbei.

Daumensalat, dachte Giacomo und blickte unwillkürlich zu den Salatschüsseln hin: Fleischsalat, Schinkensalat, Waldorfsalat... Und das da? Ach nein, das waren Krabben...

»Darf es noch was sein?«, wollte die Metzgerin wissen.

»Nein danke!«, antwortete Giacomo.

Er hatte sich gerade die entscheidende Frage zurechtgelegt: Ihr Rindfleisch, Herr Porkmann, das haben Sie doch aus eigener Schlachtung, oder? Und in Gedanken nahm er schon Anlauf um sie zu stellen. Da ging die Tür auf, Herr Porkmann sah auf seine Uhr, wurde blass um die Nase, nickte dem Mann zu, der sich nach einem freundlichen »Guten Tag« neben Kommissar Spaghetti stellte, und – schien ihm mit dem Kopf ein Zeichen zu geben: Kommen Sie! In die Wurstküche.

Hör auf, Giacomo!, rief sich Kommissar Spaghetti im Stillen zu. Du siehst Gespenster! Was hat ein Kunde in der Wurstküche zu suchen… Aus den Augenwinkeln taxierte er den Mann. Hm, in Lummelsbach hab ich ihn noch nie gesehen. Und anderswo auch nicht. Trotzdem kommt er mir bekannt vor. Seltsam…

»Ja, … äh äh…«, stotterte der Metzger.

Der Fremde unterbrach ihn freundlich: »Ich habe Zeit. Bedienen Sie ruhig zu Ende.«

Aha! Das war's. Nicht das Aussehen des Mannes erschien Giacomo vertraut, sondern seine Sprache. Genauer: der englische Akzent. Und ganz genau: der Tonfall seines englischen Akzents. Sein Bruder Alfredo hatte sich das auch angewöhnt, seit er in Melbourne lebte: Das war Melbourner Dialekt – also Australisch!

Ein Australier in Lummelsbach? In der Metzgerei Porkmann?

Warum nicht? Schließlich steht hier auch ein

Italiener. Ein einsneunundneunzig langer. Nein, nein, das hat nun wirklich nichts zu bedeuten …

»Bitte, Herr Pomeriggio!«, sagte Frau Porkmann und schob das Fleischpaket über den Tresen.

Giacomo ärgerte sich. Nichts hatte er erreicht. Hätte er nicht schneller zur Sache kommen können? Minutenlang war er allein mit den Fleischersleuten im Laden gewesen. Ohne Umschweife hätte er die Gefahr ansprechen müssen, die seiner Meinung nach vom Rinderwahnsinn ausging. Aber nein, wie ein kriminalistischer Anfänger hatte er um den heißen Brei herumgeredet. Blödmann, Giacomo!, schimpfte er sich in Gedanken – aus denen ihn nun der Fremde riss.

»Sie sind Italiener?«, fragte er.

Als sei er das seinem Gewissen schuldig, brachte Giacomo diesmal ohne Umschweife auf den Punkt, worauf er hinauswollte, und stellte die Gegenfrage: »Sie kommen aus Melbourne?«

Der Mann warf Herrn Porkmann einen schnellen Blick zu – einen harten, gleichzeitig strafenden und zweifelnden Blick –, während der Metzger einen kräftigen Schluck Schnaps aus seiner Taschenflasche nahm.

Aha, Volltreffer!, freute sich Kommissar Spaghetti.

»Woher wissen Sie das?«, fragte der Australier.

Kommissar Spaghetti strahlte ihn an wie die Julisonne im September. »Mein Bruder lebt in Melbourne.«

Der Mann holte Luft, als hätte ihm jemand eine Plastiktüte vom Kopf gezogen. »So, Ihr Bruder…«

Und nun plapperte er los: Was Pomeriggio nach Lummelsbach verschlagen hätte, wollte er wissen. Ob er mit seinem Beruf zufrieden sei. Ob ihm Zeit für Nebenjobs bliebe. Und schließlich lachte er und sagte mit einem Augenzwinkern, das Metzger Porkmann zum dritten Mal zur Schnapsflasche greifen ließ: »*Well,* ich glaube, ich weiß, weshalb Sie keine Zeit für einen zweiten Job haben: Nach Feierabend arbeiten Sie für die Mafia.«

»*Si, Signore*«, setzte Giacomo noch eins drauf. »Ich kassiere die Schutzgelder bei den Pizzerien in den Nachbarorten. Und jeden Freitag übe ich mich in der Kunst der Blutrache.«

Der Australier lachte. »Dann könnten Sie ja am Samstag noch als Schmuggler arbeiten. Oder als Fälscher.«

»Am liebsten beides! Ich warte nur auf jemand, der mir einen lohnenswerten Auftrag gibt«, flachste Kommissar Spaghetti und plinkerte dem

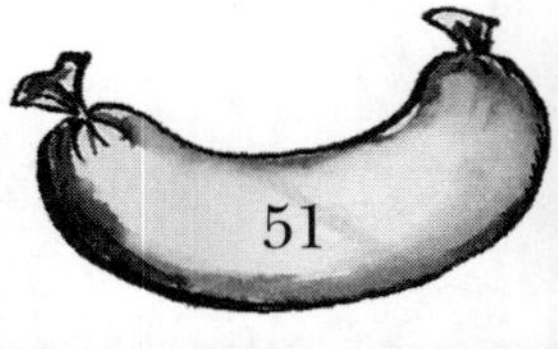

Fremden zu. Der Mann gefiel ihm. Und mehr im Spaß als im Ernst dachte er: Vielleicht ist der ja vom australischen Geheimdienst – dann wären wir so was wie Kollegen! (Vergleiche *Kommissar Spaghetti und der Computertrick.*)

Grinsend erwiderte der Australier Giacomos Zwinkern, bevor er sich, die Freundlichkeit in Person, an den Metzger wandte: »Ich komme nachher noch mal vorbei. Bis dann, *so long.*«

7

Als der Australier die Metzgerei verließ, stieß er um ein Haar mit Herrn Sack zusammen – so schwungvoll walzte der schwergewichtige Pauker herein. Er hatte schon von draußen den Hausmeister entdeckt und freute sich, dass er seiner Empfehlung gefolgt war, den Porkmannschen Rinderbraten zu versuchen.

»Hallo, Signore Sack!«, begrüßte ihn Kommissar Spaghetti und winkte gleichzeitig dem netten Australier ein *Arrivederci-Bye-bye*-Auf Wiedersehen zu.

Während Heribert Sack der Metzgerin seinen vierzig Zentimeter langen Fleischer-Einkaufszettel über den Tresen reichte, dachte Kommissar Spaghetti: Nehme ich einen zweiten Anlauf? Herr Sack kann ein kleiner Anti-Fress-Schock nicht schaden. Und wenn der Metzger weiß, dass sein bester Kunde ein wachsames Auge auf sein Fleisch wirft, wird er beim Rindereinkauf bestimmt allergrößte Sorgfalt walten lassen. *Va bene,* also gut – gedacht, gemacht.

»Stellen Sie sich vor«, sagte Kommissar Spaghetti zu Herrn Sack und ließ dabei Metzgermeister Porkmann nicht aus den Augen, »mein Känguru spielt neuerdings verrückt. Ach so, Sie haben ja selbst miterlebt, wie es die Nothnagel-Hürde genommen hat. Zwei Stunden habe ich gebraucht um es wieder zu beruhigen. Vor irgendwas hat es panische Angst. Die Kinder meinen, vorm Rinderwahnsinn.«

»Au!«, sagte Herr Porkmann – er hatte sich in den Finger geschnitten.

»Ich hol ein Pflaster!«, rief seine Frau und rannte in die Wurstküche.

Der Metzger steckte den blutenden Finger in den Mund und glotzte Kommissar Spaghetti mit hochrotem Kopf an.

»Vorm Rinderwahnsinn?«, echote Heribert Sack und guckte nicht weniger erschrocken.

Scheinbar abwiegelnd hob Kommissar Spaghetti die Hände. »Ja – aber ist doch Unfug. Wie soll ein Känguru die Krankheitserreger riechen.«

»Ja, ... äh ... schnüffelt es denn? Ich meine ...«

»Schnüffeln nicht direkt, aber ...« Jetzt kommt's drauf an!, dachte Giacomo. Der Hieb muss sitzen. Und locker-flockig, aber insgeheim voll konzentriert, erzählte er weiter: »... wenn jemand in seiner Nähe Rindfleisch isst – wie Sie gestern, im Lehrerzimmer –, dann dreht es durch. Mit Kathrins Rindswurst war das auch so. Aber ... mit

Rinderwahnsinn kann das nichts zu tun haben – schließlich waren die Wurst und der Schinken ja von Porkmanns.«

Bei den letzten Worten lächelte er den Metzger an. Als wollte er ihm sagen: Sie wissen doch, wo die Tiere herkommen, die Sie verarbeiten. Nicht wahr, Herr Porkmann, da brauchen wir uns keine Sorgen zu machen.

Doch der Metzger deutete das Lächeln anders. Als Grinsen kam es bei ihm an. Als hinterhältig anklagendes Grinsen: die Wurst von Porkmanns, igitt igitt.

»In meiner Wurst ist kein Rinderwahnsinn!«, schrie er los wie ein Schwein beim Anblick des Schlachtermessers. »Verlassen Sie sofort mein Geschäft! Solche Verleumdungen muss ich mir nicht bieten lassen. Raus! sag ich. Raus!!«

Frau Porkmann stürzte zurück in den Laden.

»Aber Kurt! Herr Pomeriggio...«

»Nix da Pommeritzklo! Der Mann hat mich beleidigt! Mein Fleisch ist in Ordnung! Bei mir gibt es keinen Wahnsinn! Schon gar nicht von Rindern!« Seine Frau wollte ihm den Finger verarzten. Aber er schlug ihr das Pflaster aus der Hand und schraubte mit zittrigen Händen zum vierten Mal die kleine Taschenflasche auf...

Nachdem er sich den Rest Schnaps in die Gurgel gegossen hatte, funkelte er Kommissar Spaghetti aus seinen rotgeränderten Schweinsäuglein an und wiederholte mit sich vor Wut überschlagender Stimme: »Sie sollen mein Geschäft verlassen!«

»Herr Pomeriggio bleibt hier!«

Als hätte seine Frau einen Colt auf ihn gerichtet, starrte der Metzger sie an. Dann fiel er in sich zusammen. Sein Gesicht wurde grau, er ließ Arme und Schultern hängen, drehte sich um und wankte aus dem Laden.

Wie ein Boxer, der angeschlagen den Ring verlässt, dachte Giacomo. Armer Kerl.

Frau Porkmann musste weinen. »Ich weiß nicht mehr, was ich machen soll«, schluchzte sie. »Seit der Supermarkt aufgemacht hat... Wir ... wir schaffen es einfach nicht.«

Giacomo reichte ihr eine Packung Papiertaschentücher. »Was schaffen Sie nicht?«

»Die ... die Konkurrenz. Die beziehen das Fleisch über ihre Zentrale. Und die Zentrale kauft riesige Mengen ein. Für die ganze Kette. Die kriegen natürlich Sonderpreise ...«

»Und können entsprechend billig verkaufen«, führte der Kommissar Spaghetti den Gedanken zu Ende.

»Ja, billiger als wir. Lange halten wir das nicht durch. Immer mehr Kunden kaufen bei denen. Und ich kann das den Leuten nicht mal verübeln. Wenn ich Gemüse kauf oder Brot oder Schuhe, dann versuch ich ja auch zu sparen. Aber für uns ...« Wieder musste sie weinen. »Für uns ist es das Ende. Mein Mann schläft schon nicht mehr. Außer wenn er ... wenn er trinkt.«

Giacomo wollte schon um den Tresen herumgehen um Frau Porkmann tröstend in den Arm zu nehmen, da murmelte neben ihm jemand: »Rinderwahnsinn ...«

Herr Sack! Den hatte er ganz vergessen.

Der füllige Lehrer sah aus wie um Jahre gealtert. Mit seinem riesigen karierten Taschentuch wischte er sich die Schweißperlen von der Stirn. »Rinderwahnsinn«, mehr sagte er nicht und ohne sein Wurstpaket einzupacken, ohne es zu bezahlen, ohne sich zu verabschieden, schlich er sich aus der Metzgerei.

Ich Idiot! Ich Tolpatsch! Welcher Teufel hat mich nur geritten!? Ich hätte doch sehen können, dass es Kurt Porkmann schlecht geht. Ich hätte ihn zu Hause besuchen sollen. Nach Feierabend. In aller Ruhe hätt ich mit ihm reden müssen. Wenn jetzt auch Heribert Sack nicht mehr bei den Porkmanns kauft – ihr bester Kunde! – das spricht sich doch rum, ... dann können sie wirklich zumachen. Oh, ich verfluchter Idiot! Ich dummer, alter Esel! Warum hab ich das nur gemacht? – Wegen Benny! Aus Angst um Benny. Tja, so gesehen war es vielleicht doch nicht ganz falsch ...

Giacomo zahlte und ging.

»Kopf hoch!«, rief er Frau Porkmann noch zu, aber er kam sich dabei vor wie jemand, der einer Ertrinkenden einen mit Blei gefüllten Rettungsring zuwirft.

8

Selbstverständlich hatte Frau Nothnagel die Projektwoche bis aufs I-Tüpfelchen vorbereitet. Der nächste Tag sollte mit einem *Gruppen-Informationsaustausch* beginnen.

»Damit die Projektgruppen nicht blind nebeneinanderher wurschteln«, hatte sie gesagt, und Frau Kertenbach-Besserkrott und Herrn Sack zu einem *Überkreuz-Informationsbesuch* in der jeweils anderen Gruppe verdonnert. Was das heißt? Ganz einfach: Frau Kertenbach-Besserkrott sollte Herrn Sacks Gruppe von den Interviews berichten, während Herr Sack die Schülerinnen und Schüler aus Frau Kertenbach-Besserkrotts Projektteam über seine Fernrohr-Aktion aufklären würde.

Doch am nächsten Morgen kam Herr Sack mit vierzigminütiger Verspätung in die Schule – zehn Minuten nach Unterrichtsbeginn.

Er hatte sogar überlegt, ob er nicht ganz zu Hause bleiben sollte. So schlecht ging es ihm. Schweißausbrüche wechselten sich mit Schüttelfrost ab. Die Knie wurden ihm weich oder die Stimme drohte ihm zu versagen und kriegte einen dumpfen, fremden Klang. Aber das Schlimmste waren die Gedanken. Die ganze Nacht über hatte sich Heribert Sack in seinem Bett von einer Seite auf die andere gewälzt. Und kaum war er eingeschlafen, schreckte er auch schon laut muhend aus den schrecklichsten Traumbildern auf: Klar und deutlich hatte er gesehen, wie ihm Hörner wuchsen. Wie er, in einem neonbeleuchteten Kuhstall, mit dem Kopf gegen das Stahlgitter seiner Mastbox schlug und mit Schaum vorm Maul seine Kette zu zerreißen versuchte. Er hatte gesehen, nein, erlebt, wie aus dem wütenden Muhen, seinem Muhen, ein jammerndes Muhen wurde. Bis er nur noch mit piepsiger Babystimme vor sich hin jaulte um sich endlich von einem Rind in ein Schwein, von einem Schwein in einen Hund, von einem Hund in eine Katze und von einer Katze in einen Hahn zu verwandeln, grunzend und bellend, mit Miau und Kikeriki – bis Kurt Porkmann auf ihn zukam, ein riesiges, bluttriefendes Metzgermesser in der Hand, und ihm drohend zurief: »Hier gibt es keinen Rinderwahnsinn! Keinen Schweinewahnsinn, Hundewahnsinn, Katzenwahnsinn, Hühnerwahnsinn! Ein Ton noch, du Rindergockel, und morgen bist du ein gerupftes Huhn und ich verkauf dich als Rinderbraten. Hahaaa! Rinderbraten für Herrn Sack! Rinderbraten – Rinderwahnsinn – Rinderbraten – Rinderwahnsinn – für Herrn Sack, für Herrn Sack, für Herrn Sack – hahaaaaaaaa hohooooooo hihiiiiiiiii!!!«, lachte der Metzger. Höllisch laut und teuflisch schrill.

Da konnten die Kinder in der Klasse brüllen, wie sie wollten, sich streiten und prügeln, über Tische und Bänke gehen – das Teufelslachen wurde Herr Sack nicht los. Es klebte in seinem Gehirn und die Angst, die es wieder und wieder weckte, zauberte die verrücktesten und schlimmsten Bilder der schlimmsten und verrücktesten Krankheit hervor, die sich Herr Sack vorstellen

konnte: Bilder vom Rinderwahnsinn. Warum gerade ich?, fragte er sich. Werde ich dafür bestraft, dass ich als erster Erdenbürger einen Außerirdischen gesehen und gerettet habe? (Vergleiche *Kommissar Spaghetti und das Schwein im Lehrerzimmer.*) Muss ich nun der erste Mensch sein, der an Rinderwahnsinn erkrankt? An Rinderwahnsinn stirbt?

Ich will nicht sterben!, wollte Herr Sack rufen. Ich will noch hunderttausend belegte Brote, Schweinshaxen, Mohrenköpfe und Schwarzwälderkirschtorten genießen, bevor ich in die ewigen Jagdgründe des unermesslichen Universums eingehe!

Aber er rief es nicht. Schließlich war der Rinderwahnsinn bei ihm erst im Anfangsstadium: im Stadium der Fantasie. Und so viel Wirklichkeitssinn hatte er noch, dass er wusste: Ich bin hier in der Schule, wir sind mitten in der Projektwoche, dies ist die Gruppe von Frau Kertenbach-Besserkrott, die interviewt Lummelsbacher Geschäftsleute, und ich soll was über das Fernrohr erzählen, das ich mit meiner Gruppe gebaut habe. Also gut, versuch ich's halt.

Herr Sack mühte sich redlich Ruhe in das Chaos im Klassensaal zu bringen. Doch kaum hatte er es geschafft, die Konstruktionsskizze des

Ofenrohr-Lupen-und-Brillenglas-Fernrohrs an die Tafel zu zeichnen, schlug der Wahnsinn von neuem zu.

Um sich zu beruhigen packte Heribert Sack sein drittes Frühstück aus: einen Schoko-Müsli-Riegel statt der Mini-Salami, die er für gewöhnlich um diese Zeit verdrückte. Biokorn statt verwurstetem Rind – sicher ist sicher.

Die Klasse staunte. Schließlich kannten die Schüler die Gewohnheiten ihres Lehrers.

Und prompt posaunte José sein Erstaunen hinaus: »Wahnsinn, Herr Sack frisst Körner!«

Natürlich sagte er das – mit verstellter Stimme – so laut, dass Herr Sack es hören musste. Mit Erfolg.

Nur dass der genervte, von Todesängsten gepeinigte Pauker etwas anderes verstand, als José gesagt hatte. Statt »Wahnsinn, Herr Sack frisst Körner«, kam bei ihm an: »Wahnsinn, Herr Sack kriegt Hörner.«

Hörner? Der Traum fiel Heribert Sack wieder ein. Sollten ihm etwa... Das war doch unmöglich! Das konnte doch nicht sein!

Unwillkürlich fasste er sich an die Schläfe und – fiel vor Schreck beinah vom Stuhl: Da war doch was! Ein Hubbel! Eine Erhöhung! Da wuchs doch was! Da kam doch was aus seinem Kopf!

Mit zittrigen Fingern betastete er den Pickel, der ihm über Nacht an der rechten Schläfe gewachsen war. Ein ganz normaler Stresspickel. Wie man ihn vor Mathearbeiten bekommt. Oder wenn man einen Liebesbrief abgeschickt hat und auf die Antwort wartet. Oder wenn man glaubt, man habe sich mit Rinderwahnsinn angesteckt…

Wahnsinn! Das war das Wort. Weil Herr Sack sich wahnsinnig in die Wahnsinnsidee hineinsteigerte, er könnte an Rinderwahnsinn erkrankt sein, begriff er nicht, dass er sich einen stinknormalen, piesepampeligen Pickel eingefangen hatte. Ja, das Wort Pickel kam ihm nicht einmal in den Sinn!

»Mu…«, sagte er, »mu…«, und erst nach dreimaligem Räuspern wurde ein »muss« daraus.

»Muss ich denn erst wieder schimpfen? Ihr sollt euch um das Fernrohr kümmern und nicht um … um…«

»Körner«, flüsterte José – laut wie ein Schauspieler auf der Bühne.

»Hörner«, kam es bei Herrn Sack an und er wurde wahnsinnswütendrot.

»Ruhe!«, wollte er rufen. Aber leider unterlief ihm dabei ein kleiner Versprecher. Statt des »R« formten seine Lippen ein »M«. Und so brüllte er wie ein wild gewordener Stier: »Muhe!«

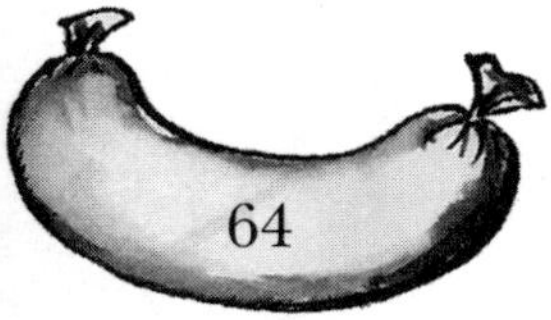

Die Mädchen und Jungen tobten.

»Haha!«, rief Alex. »Wir sollen muhen!« Und schon rief er: »Muh! Muh!«

Und nach und nach stimmte die ganze Klasse in den Chor ein.

»Muh! Muh! Muh! Muuuuuuh!«, schallte es dem armen Herrn Sack entgegen, der mit angstverzerrtem Gesicht die Hände gegen die Ohren presste, die Augen zukniff und wieder aufriss und sich dabei in Gedanken zurief: Das ist ein Traum! Ich bin nicht wahnsinnig! Ich träume nur! Ich bin ganz normal! Ganz normal! Ganz normal!

Tja, und in dieser Situation konnte José seinen Mund nicht halten. Es reizte ihn einfach, die Sache auf die Spitze zu treiben. Natürlich wusste er nicht, was in Herrn Sack vorging. Aber immerhin hatte der »Muhe!«, gesagt. Und gestern hatte er das Brötchen mit dem Rinderbraten gegessen ... José versteckte sich hinter Stevens Rücken und sagte mit einer tiefen, lauten Stimme: »Der Rinderwahnsinn hat zugeschlagen. Muuuuuuh!!«

Katrin zeigte ihm einen Vogel. Stinksauer war sie. Gestern Abend noch hatte Giacomo bei José angerufen. Genauso wie bei ihr. Und ihnen erzählt, was in der Metzgerei abgelaufen war. Die Sache mit dem Supermarkt, das war doch schlimm! Und wenn Herr Sack jetzt nicht mehr bei Porkmanns kaufte, und Mecki, Manuela, Steven und all die andern würden rumerzählen, er hätte Rinderwahnsinn – das ... das wäre eine Katastrophe. Denn auch wenn es keiner glauben würde, so viel war klar: Irgendwas blieb bei den Leuten hängen. Und es würde keine Woche dauern, dann pfiffen es die Spatzen von den Dächern: Das Rindfleisch von Porkmanns stammt von kranken Tieren. Der dicke Lehrer hat sich schon angesteckt: mit Rinderwahnsinn... Ein dummer, alberner Schwätzer bist du, José. Du kannst mir gestohlen bleiben, weißt du!

9

Was hast du denn?«, wollte sich José in der Pause rechtfertigen, als er scheinbar zufällig neben Kathrin aus der Klasse ging.

Kathrin würdigte ihn keines Blickes.

»Dumme Kuh!«, knurrte José und rannte die Treppe runter, aufs Klo. In Gedanken nannte er sich einen dummen Ochsen – aber das brauchte die dumme Kuh ja nicht zu wissen …

Auch in der großen Pause sprach Kathrin kein Wort mit ihrem Verehrer.

Soll er ruhig schmoren, dachte sie. Er weiß schon, was Sache ist.

Und als sie glaubte, dass sie niemand beobachtete, klingelte sie bei Giacomo. Noch war der Fall schließlich geheim.

»Na, du kommst mich in der Pause besuchen?«, empfing Kommissar Spaghetti sie an der Wohnungstür. »Dann ist wohl was passiert, hm? Komm rein!«

Im Telegrammstil berichtete Kathrin dem Hausmeister von dem Geschehen in der ersten Stunde.

»*Porco Dio,* Mist!«, schimpfte der lange Italiener. »Das hat uns gerade noch gefehlt!«

»Echt, José ist der dümmste Dummschwätzer in der ganzen Schule!«, regte Kathrin sich auf.

Giacomo musste lächeln. »Sei nicht zu streng mit ihm. Wir brauchen ihn noch.«

»Den und brauchen? Der vermasselt uns doch alles.«

»Sei nicht ungerecht. Zu allen Fällen, die wir bisher zu lösen hatten, hat er seinen Teil beigetragen.«

Kathrin schwieg.

Giacomo grinste.

Und Kathrin grinste auch …

Die Pause reichte den beiden gerade um sich klar zu werden, dass sie Informationen brauchten. Sie mussten herausbekommen, ob es eine echte Gefahr gab. Und wie groß diese Gefahr war. War es – zumindest theoretisch – möglich, dass Metzger Porkmann mit Rinderwahnsinn verseuchtes Fleisch eingekauft hatte? Vielleicht, weil es ihm besonders billig angeboten wurde? Denn dass er ums Verrecken sparen musste, war kein Geheimnis mehr.

»Als Erstes muss ich Frau Porkmann fragen, wo ihr Mann die Rinder herbekommt, die er verarbeitet«, stellte Giacomo fest.

»Wieso du? Das fällt doch auf. Nee, nee, das machen Angela und ich. Wir sagen einfach, das wär 'ne Nachfrage zu unserem Interview.«

»Na gut, überredet.«

»Was heißt hier na gut? *Grazie, Signorina,* heißt das!«

Kommissar Spaghetti lachte. »Kleine Hexe! Sobald es spannend wird, musst du natürlich mit dabei sein.«

»Logo!«

»Aber wenn Frau Porkmann sagt, dass ihr Mann auch Tiere vom Schlachthof kauft und nicht nur von den Bauern aus der Gegend – zum Schlachthof geh ich allein!«

»So? Und was willst du denen erzählen, wenn du da rumschnüffelst? Der Trick mit dem australischen Angelschein klappt nicht überall.« (Vergleiche *Kommissar Spaghetti und der Computertrick.*)

»Das ist mir egal. Leute, die Rindfleisch aus England einführen, das verseucht sein *könnte,* das sind Verbrecher. Meinst du, ich will im Gefängnis landen, wenn ich euch da mit reinzieh, und es passiert was?«

»Wieso mit reinzieh? Du willst doch bloß was rauskriegen, oder? Den Typen auf dem Schlachthof Fragen stellen und so. Das ist absolut ungefährlich. Aber trotzdem brauchst du 'ne Tarnung. Die lassen da schließlich nicht jeden rein.«

Kommissar Spaghetti schüttelte den Kopf. »Und was das für eine Tarnung ist, weißt du natürlich auch schon.«

»Klar. Neugierig?«

»Überhaupt nicht.«

»Also, pass auf …«

Bereits am Nachmittag war aus Kathrins Idee Wirklichkeit geworden: Kommissar Spaghetti stand nicht allein vor dem Pförtnerhäuschen des Frankfurter Schlachthofs. Seine Mitstreiter rahmten ihn ein wie eine heimliche Polizeieskorte: Kathrin und Manuela, Angela, Anna-Maria und Mecki, Gameboy-Benny und – natürlich – »Dummschwätzer« José.

Giacomo hatte die »Schlachthof-Besichtigung« telefonisch vorbereitet: Als Lehrer hatte er sich ausgegeben, der mit seinen Schülern eine Projektwoche zum Thema *Fleisch – ein gesundes Lebensmittel* plante.

Deshalb empfing ihn der Pförtner zuvorkommend wie einen guten Bekannten: »Sekunde bitte, Herr Pommer« (so hatte Giacomo sich am Telefon genannt). »Ich rufe eben unsere Dame von der Öffentlichkeitsarbeit an, die wird Sie und die jungen Herrschaften führen.«

Die sieben Rinderwahnsinn-Detektive und ihr Kommissar hätten natürlich viel lieber auf eigene Faust in dem riesigen Abmurks-Betrieb herumgeschnüffelt, aber das war leider nicht erlaubt. Also mussten sie sich was einfallen lassen …

Die ältliche Info-Dame absolvierte den Besichtigungsrundkurs an diesem Tag zum dreitausendneunhundertachtundsiebzigsten Mal. So unglaublich das klingt, sie sprach im Schlaf. Und sie ging im Schlaf. Von einer Halle zur anderen. Über Höfe und durch Gänge. Treppauf, treppab. Zwischenfragen überhörte sie. Die Frager übersah sie.

Trotzdem war es gar nicht so leicht, sich von der Gruppe abzusondern. Denn Giacomo war auf der Hut. Er fühlte sich verantwortlich für die Bande. Und außerdem: Es brauchte nur einer auszurutschen und sich den kleinen Zeh zu brechen, dann war er dran.

Aber was fordert eine Kathrin oder einen José mehr heraus als eine schier unlösbare Aufgabe? Und weil sie sich beide – jedenfalls in diesem Punkt – so ähnelten wie ein Ei dem anderen, blieben sie auf der engen, unübersichtlichen Wendeltreppe, die zum Generatorenraum des Kühlhauses hinabführte, hinter der Gruppe zurück – jeder für sich und beide zusammen.

Verlegen grinste José Kathrin an und mit liebevoller Frechheit streckte sie ihm die Zunge heraus.

Damit war die Sache klar: Wir gehen gemeinsam auf Erkundungstour.

Leider gestaltete sich dieser Geheimausflug gänzlich anders, als die beiden Ausreißer es sich erhofft hatten. Anstatt irgendetwas über heimlich aus England eingeführte Rinder zu erfahren, wurden sie Zeugen einer systematischen und unglaublich fiesen Tierquälerei.

Sie sahen, wie zwei Schlachthofarbeiter Kälber mit derben Tritten von einem Viehtransporter in ein viel zu enges Gatter trieben und anschließend die Tiere vom Lastwagen zerrten, die den Transport nicht überlebt hatten. Und als sie, geschockt, verwirrt und voller Wut auf diese Barbaren, Kommissar Spaghetti und ihre Klassenkameraden suchten, fanden sie sich plötzlich zwischen Männern in blutbespritzten Gummischürzen wieder und mussten mit ansehen, wie Schweine mit Bolzenschussgeräten getötet und – auch wenn sie noch halb lebten – wie am Fließband aufgeschlitzt, zerteilt und zerstückelt wurden.

Kathrin zitterte vor Wut und Ekel am ganzen Körper.

José musste sich übergeben.

Nur raus hier! Nur weg!

10

Der Zufall wollte es, dass Kathrin und José vor dem Ausgang dieser Mordfabrik auf ihre Gruppe stießen.

»Hier stehen wir vor einer der modernsten Schlachthallen Europas«, spulte die Infozicke ihr Pensum ab. »Die Tiere werden auf humane Weise schnell und sauber getötet und sofort in einer weitgehend keimfreien Umgebung für die Weiterverarbeitung vorbereitet.«

Für die Weiterverarbeitung vorbereitet – Kathrin sah die Bilder vor sich, durch die sie eben noch getaumelt war. »Sie lügen!«, wollte sie die Frau anschreien. Aber ihre Kehle war wie zugeschnürt. Und wie durch einen Wattebausch drangen erneut die schlafwandlerisch abgespulten Lügen an ihr Ohr: »Aus hygienischen Gründen ist in diesem Bereich des Schlachthofs der Zutritt für Besucher nicht gestattet. Wenn Sie so freundlich wären, mir jetzt zum Fuhrpark zu folgen…«

Als die Gruppe über den Platz zu den Garagen hinübertrottete, drängte sich Angela an Kathrins Seite.

»Wo warst du denn?«

Kathrin schüttelte den Kopf. Sie konnte noch nicht reden.

»Du bist ja ganz blass. Hast du die Gangster gesehen?«

Kathrin nickte. Gangster, dachte sie. Ja, Gangster sind das.

Angela kriegte sich vor Schreck und Aufregung nicht mehr ein.

»Aber das musst du doch Giacomo sagen.«

»Später«, hauchte Kathrin.

Angela wunderte sich zwar, aber als sie ihre Freundin anschaute, wusste sie, dass sie jetzt besser den Mund hielt.

Wieder sonderten sich Kathrin und José von der Gruppe ab. Aber diesmal nur innerlich.

Während sie mit den anderen über das Schlachthofgelände trotteten, sahen sie im Geiste immer noch die grausigen Bilder von der Entladestation und der Schlachthalle. Aber beide waren sie Kämpfernaturen. Wenn ihnen eine Ungerechtigkeit begegnete, sannen sie auf Abhilfe. Und wenn jemand Opfer einer Gemeinheit wurde, überlegten sie sofort, wie sie ihm helfen konnten. Auch in diesem Fall.

Ohne dass sie miteinander darüber redeten, spielten sich in ihren Köpfen die gleichen Szenen ab: Sie sperrten die Tierquäler auf dem Personalklo oder im Kühlhaus ein und befreiten die Kälber und Schweine aus den engen, gekachelten Räumen, in denen sie auf ihre Ermordung warteten.

Wen wundert es da, dass sie nicht mitbekamen, wie sich diesmal Giacomo von der Gruppe absetzte?

Kommissar Spaghetti hatte vor der Zentral-Garage des Schlachthofs jemanden entdeckt, bei dessen Anblick sein Kriminalistenherz Bocksprünge machte: den Australier aus der Metzgerei Porkmann. Und der hatte ihn noch nicht entdeckt.

Er darf mich nicht mit den Kindern in Verbindung bringen, dachte Kommissar Spaghetti. Warum, wusste er nicht. Es war reine Eingebung.

Giacomo wunderte sich darüber. Schließlich hatte er den Mann recht sympathisch gefunden, als er mit ihm über die Mafia geflachst hatte. Doch er wusste aus Erfahrung: Wenn ihm sein Spürsinn etwas einflüsterte, war es das Beste, darauf zu hören.

Bene, gut. Aber wie soll ich den Australier ansprechen, ohne dass die Kinder es merken? Denn wenn sie es merken, dann kriegen sie vor lauter Neugierde lange Hälse. Und stecken die Köpfe zusammen: Guckt mal da! Der Giacomo! Ist das ’n Bekannter von ihm? Und schon weiß der Kerl: ich bin mit der halben Schule hier. Und wer zusammen mit Schülern einen Schlachthof besucht, der ist harmlos.

Ja und? Warum nicht? Warum sollte ich nicht harmlos sein? Und warum nenne ich den freundlichen Mann einen »Kerl«? *Molto strano,* sehr seltsam …

Denk nicht so viel, Giacomo! Sonst ist er verschwunden, ehe du … Ja, was denn eigentlich? *Maledizione,* verdammt, bin ich durcheinander. Und aufgeregt. Was ist denn eigentlich los mit mir?

Diese umfangreiche Hirnakrobatik erledigte Kommissar Spaghetti in weniger als zwanzig Sekunden. Dann bückte er sich, zog sein Schuhband auf, knotete es, umständlich wie ein Erstklässler, wieder zu, und beobachtete dabei, wie die automatenhaft vor sich hin plappernde Schlachthof-Führerin den Rest der Gruppe wie an unsichtbaren Fäden in die turnhallengroße Garage zog. Auch Kathrin und José.

Schnell richtete sich Kommissar Spaghetti wieder auf. Wo war der Australier geblieben?

Ah ja, da sprach er gerade einen Metzger an, der mit einem halben Schwein auf dem Rücken an ihm vorbeieilen wollte.

Der Metzger guckte skeptisch – soweit sich das

aus dreißig Metern Entfernung erkennen ließ. Aber dann nickte er, und der Australier steckte ihm was hinter den Latz seiner Gummischürze. Einen Zettel oder... Hm. Der Mann rückte sich die Schweinehälfte auf den Schultern zurecht und ging weiter.

Jetzt aber schnell! Jetzt sprech ich ihn an!, führte Giacomo sein Selbstgespräch fort und nahm Kurs auf den Australier.

Der erkannte ihn sogleich und ging ihm entgegen. Ohne ihm zu winken und ohne ihm was zuzurufen. Genauso wie Kommissar Spaghetti. *High noon,* dachte Giacomo. Wie im Western: Zehn Schritte noch, und wir ziehen unsere Colts und ballern los. Und wieder fragte er sich: Seltsam, warum denk ich das?

Bevor er sich seine Frage beantworten konnte, sprach der Australier ihn an: »So trifft man sich wieder.«

Nicht gerade geistreich.

»Geschäftlich hier?«

Schon besser.

»Gewissermaßen«, gab Kommissar Spaghetti vieldeutig zur Antwort. Noch wollte er abwarten. Schauen, welche Karten der andere spielte. Um dann zu entscheiden, ob und wie er in das Spiel einstieg.

»Ich auch.«

Das war der Pikbube; pokerst du, pokere ich.

Geschickt, der Kerl. Jetzt muss ich was zeigen, dachte Giacomo, kratzte sich am Kinn und sagte – wobei sein Puls seltsamerweise zu rasen anfing: »Bei dem *Wahnsinn* auf dem Rindermarkt muss man sich hier ja mal umsehen.«

Das war das Karo-Ass.

Der Australier sah Kommissar Spaghetti lange prüfend an.

Dann trat er ganz nah an ihn heran, blickte aus zusammengekniffenen, spitzbübisch blitzenden Augen zu ihm hoch und sagte: »Ich dachte, Sie sind Hausmeister.«

Giacomo grinste sein hinterhältigstes Grinsen: »Für fremde Leute, die mich beim Metzger ansprechen, schon.« Das war das Kreuz-Ass. Entweder sticht er jetzt mein Blatt oder er legt seine Karten auf den Tisch, dachte Giacomo. Spannender kann auch ein Pokerspiel um sieben Zentner Rinderbraten nicht sein. – Rinderbraten, wie das? . . .

»So, kein Hausmeister. . . Aber Italiener. . .«

»*Si.*«

»Und Sie kennen sich aus in und um Lummelsbach?«

»*Si.*«

»Auch, was die Metzger betrifft?«

»Besonders, was die Metzger betrifft.«

»Und die Supermarkt-Situation?«

»Ist mir bestens vertraut.«

Verdammt, jetzt deck deine Karten schon auf! Zeig endlich, was du zu bieten hast! Womit soll ich dich denn noch locken. Außerdem merken die Kinder irgendwann, dass ich mich abgesetzt hab, und dann …

Der Australier hatte plötzlich ein Feuerzeug in der Hand und ließ es auf- und zuschnappen.

Er spielt mit dem Feuer, dachte Kommissar Spaghetti. Er spielt mit mir … denkt er, hahaaa! Aber ich spiel mit dir, Freundchen! Katz und Maus.

Wieder schaute der Australier den langen Italiener lange an.

Dann fragte er ihn: »Und … waren Sie schon … aktiv?«

Kommissar Spaghetti guckte doppelt so lange schweigend zurück – ohne Feuerzeuggeschnipse. Dann schüttelte er betont langsam den Kopf und sagte mit einem betont lang gezogenen o: »Nooooch nicht.«

Der Australier nickte. »Gut. Vielleicht können wir ins Geschäft kommen. Sagen wir … übermorgen um 19 Uhr 30 im *Hotel am Turm.* Verlangen Sie Mister Frigg.«

»Sind Sie das?«

Blöde Frage! Professionell ist was anderes!, schimpfte sich Giacomo im Stillen.

Der Australier grinste ihn an. »*Of course,* wer sonst.«

Und für einen Augenblick schien es Giacomo, als wäre die verschwörerische Kumpeligkeit, die in seinem Blick gelegen hatte, lauernder Skepsis gewichen. Schnell und so locker wie möglich sagte er deshalb: »Okay, Mister Frigg, übermorgen, 19 Uhr 30, *Hotel am Turm.*«

Kaum war der Australier ums Eck verschwunden, kamen Anna-Maria und Manuela auf Giacomo zugestürzt.

»Wo bleibst du denn? Wir sind gleich mit dem Fuhrpark durch.«

»Mein Schuhband war gerissen«, log Giacomo, und wie er gehofft hatte, überprüften die beiden seine Falschaussage nicht.

11

Mit gemischten Gefühlen stieg Kommissar Spaghetti in den Zug nach Lummelsbach. Einerseits freute er sich: Er hatte eine Spur gefunden. Allem Anschein nach sogar eine heiße Spur. Auf irgendeine dubiose Weise hatte der Australier mit Viehhandel zu tun, das war klar.

Natürlich kam damit nicht automatisch Rinderwahnsinn ins Spiel. Aber es war auch nicht auszuschließen. Und genau das trübte Giacomos Freude über den schnellen Fahndungserfolg: *Wenn* der Australier tatsächlich mit Rinderwahnsinn verseuchtes Fleisch verscherbelte, *dann* waren viele Menschen, viele Lummelsbacher in Gefahr – auch Angela und Herr Sack.

So gesehen war Kommissar Spaghetti wiederum froh, dass die Kinder nichts von seiner Verabredung mitbekommen hatten. Trotzdem kam er sich wie ein Betrüger vor, als er auf die Fragen seiner Mitstreiter, was er denn nun rausgefunden habe und ob er irgendwo einen Fortschritt sehe, mit einem Achselzucken antwortete. Am liebsten hätte er gemeinsam mit ihnen in allen Einzelheiten den Stand der Dinge erörtert.

Aber gerade das verbot ihm sein Verantwortungsgefühl: Nein, er durfte Manuela und Anna-Maria, Mecki, Angela, Kathrin, José und Gameboy-Benny da nicht mit reinziehen.

Kein Wunder, dass die Stimmung seiner Fahndungs-Assistenten gedrückt war, als sie in Lummelsbach aus dem Zug stiegen.

Niemand wusste, wie es weitergehen sollte. Nicht einen Schimmer Licht hatten sie in das Dunkel dieses Falles gebracht. Ja, sie wussten nicht einmal, ob es sich um einen »Fall« handelte.

Kurzum: Kommissar Spaghettis detektivische Mitarbeiter kamen sich verdammt blöd und nutzlos vor.

Mit einem müden »Ciao!« verabschiedeten sich José und Benny am Lummelsbacher Bahnhof von den anderen, bevor sie sich auf ihre Räder schwangen und wortlos nebeneinanderher strampelten.

Die Mädchen waren zu Fuß oder mit dem Bus da und gingen deshalb noch ein Stück zusammen mit Giacomo.

»Scheiß Känguru!«, schimpfte José, als er neben Benny in die Schulstraße einbog.

»Scheiß Sack!«, ergänzte Benny.

Vielleicht wäre dies der Anfang einer höchst geistvollen Unterhaltung gewesen – wenn nicht plötzlich ein Rettungswagen mit heulender Sirene an den beiden vorbeigebraust wäre.

»'n Unfall!«, rief José.

»Los!«, rief Benny.

Und schon jagten sie, wie zwei Radrennfahrer über die Lenker gebeugt, hinter dem Rettungswagen her. Die Sirene wies ihnen den Weg – zu Herrn Sacks Haus.

»Ob der Sack geplatzt ist?«, witzelte José. Irgendwie musste er ja die Schreckensbilder vom Schlachthof loswerden.

Benny grinste seinen Freund schief an. Er lachte ja gern über die Lehrer, aber das hier war immerhin ein echter Krankenwagen, und aus Jux und Tollerei fuhr der nicht mit Blaulicht durch die Gegend...

Die Menschentraube, die sich in Windeseile um den Rettungswagen gebildet hatte, machte einen Gang für die Sanitäter frei, die mit erhitzten Gesichern eine Tragbahre aus dem Haus trugen. Auf der Trage lag, mit Gurten festgezurrt, rund und riesig – Herr Sack.

Jetzt schämte sich José für seinen dummen Witz. Leise sagte er zu Benny: »Da ist echt was passiert.«

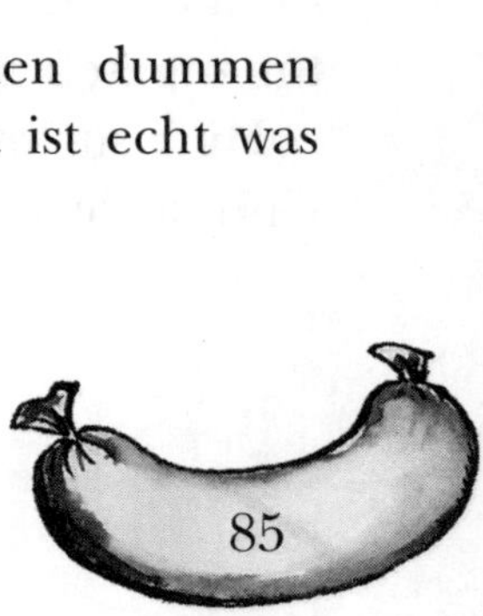

Benny nickte und drängte sich in die erste Reihe. Vielleicht konnte er ja sehen, was mit Herrn Sack los war.

Nein, anzusehen war dem Lehrer nichts. Aber dafür hörte Benny was. Zuerst die Bemerkung einer älteren Frau, die einer noch älteren mit wichtigtuerischer Miene von ihrer Heldentat berichtete: »›Nein, nein, nein!‹, hat er gerufen. Immer wieder: ›Nein, nein, nein!‹ Und dabei ist er doch so ein stiller Mensch! Und dann hat er mit Büchern geworfen. Aus dem Fenster. Erst wollte ich ja die Polizei holen. Aber dann hab ich bei der Feuerwehr angerufen.«

»Feuerwehr?«, fragte die ältere.

»Ja, wegen des Krankenwagens.«

Als die Sanitäter Herrn Sack an den Frauen und Benny vorbeitrugen, wandte Herr Sack den Kopf und – erkannte seinen Schüler.

Verzweiflung lag in seinem Blick, als er Benny ansprach: »Muuu … muuuss ich wirklich ins Krankenhaus?«

Bevor Benny sich eine Antwort überlegen konnte, hatten die Rotkreuzleute die Trage schon in den Rettungswagen geschoben und die Hecktür zugeschlagen.

Hilfe suchend drehte sich Benny nach José um. Und so leise, dass es ja niemand anders mitbekam, flüsterte er ihm ins Ohr: »Scheiße, er muht schon wieder. Komm, haun wir ab! Zu Giacomo.«

Noch schneller, als sie der Sirene gefolgt waren, jagten die beiden den Weg wieder zurück. Jetzt musste Kommissar Spaghetti doch endlich was einfallen!

Ja, Giacomo fiel etwas ein, nachdem José und Benny ihm von dem Drama berichtet hatten. Aber wieder behielt er es für sich. Mit einem knappen, schon fast abweisenden »Ich muss nachdenken«, schickte er die Jungen nach Hause. Dann schwang er sich aufs Rad, düste zum Bahnhof und stieg in den nächsten Zug nach Frankfurt.

Hotel am Turm, Mister Frigg. Mister Frigg, *Hotel am Turm.*

Wie ein Kind, das die Mutter zum Einkaufen geschickt hat, sagte Giacomo die Worte in Gedanken vor sich her. Als befürchtete er, er könnte sie vergessen und damit die einzige Spur verlieren, die … Ja, die was? Wenn Herr Sack wirklich am Rinderwahnsinn erkrankt war, konnte ihm wahrscheinlich niemand helfen. Die Ärzte nicht und ein Hobbykommissar schon gar nicht. Aber trotzdem: Er musste was tun. Schließlich ging es auch um die Menschen, die dieser undurchsichtige und offenbar skrupellose Tier- oder Fleisch- oder Sonstwas-Händler in Zukunft mit verseuchtem Fleisch bedrohte.

Sicher, Giacomo hätte auch als Erstes zu Metzger Porkmann gehen können. Aber seine innere Stimme sagte ihm: Von Porkmann geht die Gefahr nicht aus. Porkmann ist selbst ein Opfer. *Hotel am Turm,* Mister Frigg. Mister Frigg, *Hotel am Turm.*

Mit Siebenmeilenschritten hastete Kommissar Spaghetti auf den Taxistand vorm Frankfurter Hauptbahnhof zu.

»*Hotel am Turm.*«

Und mit Siebenmeilenschritten stürmte er auf die Hotelrezeption los. »Mister Frigg?«

»Zimmer 22«, war die prompte Antwort. »2. Stock.«

Giacomo klopfte nicht an. Er drückte einfach die Klinke von Zimmer 22 hinunter.

Mist! Verschlossen! Also doch anklopfen.

»Wer ist da?«, rief von drinnen eine Stimme mit Melbourner Akzent.

»Ihr neuer Geschäftspartner«, antwortete Giacomo.

»*One moment!*«, kam es auf Englisch zurück.

Uno momento, dachte Giacomo. Aber wirklich nur einen Moment, sonst…

Die Tür ging auf. Der Australier streckte den Kopf heraus, schaute nach rechts, schaute nach links, als ob er sich vergewissern wollte, dass Giacomo allein gekommen war, flüsterte hastig: »Wir kennen uns schon lange, okay? Mein Aufenthalt hier ist nämlich geheim«, und ließ den Hausmeister eintreten.

An einem kleinen runden Tisch am Fenster hüllte sich ein elegant gekleideter Schnurrbartträger in eine Wolke aus Zigarettenqualm.

Während ihm der blaue Dunst durch Mund und Nase entwich, knurrte er: »Ist er sauber?«

Blitzschnell bückte sich der Australier und klopfte Giacomos Hosenbeine ab.

Giacomo wusste nicht, wie ihm geschah: Das gibt's doch nicht. Bin ich hier im Film, oder was? Er tastet mich nach Waffen ab. Nach Waffen!

»Sie arbeiten für Mr. Frigg?«, fragte der Elegante.

Das ist der Boss!, dachte Kommissar Spaghetti. Und während er ihm antwortete, zwinkerte er Mr. Frigg betont kumpelhaft zu: »Ja, wir sind alte Bekannte.«

Der Elegante steckte sich eine neue Zigarette an und sagte, nicht ohne Schärfe, zum Australier: »Dann haben Sie doch genug Kapazitäten. Oder wollten Sie mir den Mann verschweigen?«

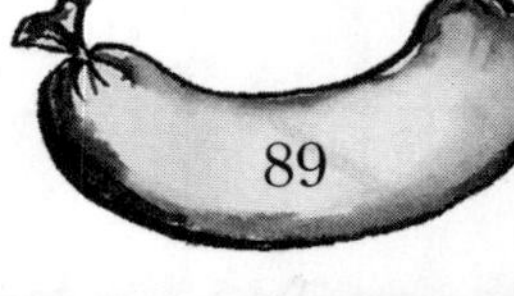

Kapazitäten? Verschweigen? Giacomo verstand nur noch Bahnhof. Aber eins wusste er: Saubere Geschäftsleute waren das nicht. Und da er sich als Kumpel des Australiers ausgegeben hatte, war auch er jetzt ein nicht ganz sauberer Geschäftsmann – jedenfalls in der Rolle, die es nun zu spielen galt.

Giacomo kam ins Schwitzen. Mit Betrügern und Kriminellen hatte er es noch nie zu tun gehabt. Die kannte er nur vom Hörensagen. Oder aus Fernsehkrimis – und das waren ja nur Schauspieler.

»Also, Herr…«

Der Elegante will wissen, wie ich heiße, blitzte es Giacomo durchs Hirn. Denk ich mir einen Namen aus? Nein. Dieser Frigg weiß, dass ich Hausmeister in Lummelsbach bin…

Und ohne sichtbares Zögern antwortete er dem schnurrbärtigen Zigarettenvernichter: »Pomeriggio.«

»Also, Herr Pomeriggio. Wie sieht Ihre Zusammenarbeit mit Mr. Frigg aus?«

»Er übernimmt die Nachbarorte von Lummelsbach. Bis auf Krumbach, da hab ich schon…«

»Habe ich Sie gefragt?« Wie eine Salve aus der Hüfte schoss der Elegante die Worte auf den Australier ab um sofort danach ein »Also?« auf Giacomo zu feuern.

Langsam wurde es Kommissar Spaghetti zu dumm.

Du Lackaffe!, dachte er. Was bildest du dir eigentlich ein, hä?

Das tat gut. Denn mit nichts lässt sich Angst besser bekämpfen als mit einer kräftigen Dosis Wut. Und Angst hatte Giacomo vor diesen Typen – auch wenn er das in diesem Moment vor sich selbst vertuschte.

Also … was wollte der Kerl wissen? Der Australier hatte ja bereits mit seiner hastig hingeknallten Antwort einiges angedeutet: Um die Nachbarorte ging es; ausgenommen Krumbach. Da musste Giacomo anknüpfen. Irgendwie. Nur verraten durfte er sich nicht. Denn aus irgendeinem Grund war es für den Australier wichtig, dass der Elegante ihn für seinen Bekannten hielt. Wegen der Geheimhaltung? Wahrscheinlich.

Die Nachbarorte übernehmen, dachte Giacomo. … Übernehmen, übernehmen… Wie übernehmen? … Worin übernehmen? … Womit?

… In Zusammenarbeit mit Mr. Frigg, hm… Der heißt bestimmt nicht so… Egal… Zusammenarbeiten, übernehmen… Was übernehmen? … Viehhandel? … Mit wem? … Porkmann, Porkmann, Porkmann… Nein, den hat der Australier schon an der Angel … Angel? Wieso Angel? … Ist doch egal! … Also: Porkmann. Porkmann ist Metzger … Ja, Metzger! Die Metzger in den Nachbarorten. … Mit den Metzgern soll ich … soll ich … soll ich was? … Verdammt, was denn nun? … Ist doch Wurst. … Wurst? Wieso Wurst? … Giacomo! Mach dich nicht verrückt! Jetzt musst du erst mal was sagen. Einen Anfang machen. Na los, bluff den Kerl! Spiel ihm einen Ball zu … den er zurückschlagen muss … Schlagen, schießen, schlagen, schießen … Mensch, ist das gefährlich… Nun mach doch, Giacomo! Er wird schon nervös… Er schöpft schon Verdacht… Nun sag doch was! Irgendwas! Mit deinem Zögern machst du dich verdächtig!

»Ja, also…«, sagte Kommissar Spaghetti, »ich kenne die Metzger in den Nachbarorten…«

Los! Weiter! Verlass dich auf deinen Riecher! Setz alles auf eine Karte! Los, Giacomo, sei kein Frosch!

»…und die … die Metzger, die haben alle zu

kämpfen, seit der Supermarkt aufgemacht hat. Da…«

Los doch! Red weiter!

»…da gucken sie nicht so genau hin – wo das Fleisch herkommt, mein ich.«

Giacomo spürte, wie es unter seinen Achseln feucht wurde. Seine Hände waren eiskalt, der Hals trocken wie ein Sandkasten im Juli.

Der Elegante ließ sich Zeit. Nahm einen Zug von seiner Zigarette. Schnipste die Asche auf den Teppichboden – von wegen elegant! – musterte den langen Italiener aus zusammengekniffenen Augen. Legte den Kopf in den Nacken und blies mit vorgeschobenen Lippen Qualmringe an die Hotelzimmerdecke.

Erst nachdem er seinen Glimmstengel in den überquellenden Aschenbecher gedrückt hatte, ließ er sich zu einer Erwiderung herab: »Okay. Und Sie haben schon mit Kängurufleisch gearbeitet?«

Kängurufleisch?! Giacomo war es, als müsste er aufschreien. Die … die können doch nicht… Das ist doch unmöglich!

»Gearbeitet noch nicht, aber ich habe ihn informiert«, mischte sich der Australier wieder ein – offensichtlich hatte er Angst, sein neuer »Partner« könnte sich verplappern.

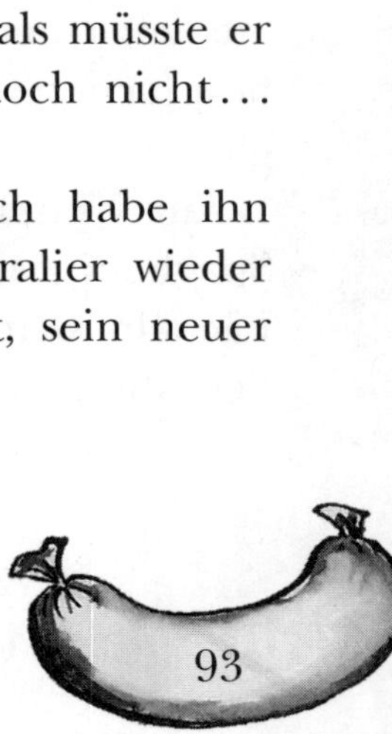

»Einmal noch, Frigg, und Sie lernen mich kennen!«

Peng, das war ein Kanonenschuss.

Danach ein Zug aus der Zigarette, und der Lackaffe lehnte sich lässig in seinen Sessel zurück. »Informiert ... so. Und Sie«, jetzt fixierte er wieder Kommissar Spaghetti, »Sie wären also bereit zu den Bedingungen, die Mr. Frigg Ihnen genannt hat, für uns zu arbeiten?«

Der Hausmeister nickte. »Ja.«

Daraufhin legte der Elegante eine erneute Kunst- und Drohpause ein, bevor er Kommissar Spaghetti mit einem kalten Lächeln fragte: »Wie unsere Organisation *Abweichler* bestraft, ist Ihnen bekannt.«

»Ja.«

Abweichler ... was meint er damit? Verräter wahrscheinlich. Wenn ich zur Polizei geh ...

»Ja, dann steht einer Zusammenarbeit wohl nichts mehr im Wege. Die Einzelheiten können Sie zu einem anderen Termin mit Mr. Frigg besprechen. Auf Wiedersehen, Herr Pomeriggio.«

Auf Nimmerwiedersehen!, dachte Kommissar Spaghetti, während er sich zu einem knappen Lächeln zwang und an dem Australier vorbei aus dem Zimmer ging.

Wieder auf der Straße, schlug die Angst, die ihm im Hotel im Nacken gesessen hatte, in Wut um. Und das Wort, über das er erschrocken war wie schon lange nicht mehr, weckte in ihm ungeahnte Rachegedanken.

Kängurufleisch. Die schlachten Kängurus. Oder lassen sie schlachten. Oder sie kaufen Kängurufleisch und verkaufen es weiter – als *Rindfleisch.* Ja, das erklärt alles: Benny hat das Fleisch seiner ermordeten Artgenossen am Geruch erkannt. Und darauf panisch reagiert. Wie wir, wenn wir entdecken würden, dass jemand …

Giacomo konnte den Satz nicht zu Ende denken. So entsetzt war er. So wütend. So voller Rachegedanken.

Verprügeln müsste man die Kerle. Windelweich schlagen. *Kängurufleisch* – das ist doch der Gipfel der Fiesheit!

Minutenlang lief er wie blind durch die Straßen. Und erst als er die beiden Gangster so lange in seiner Fantasie geohrfeigt hatte, bis ihre Köpfe roten Luftballons glichen, konnte er wieder einen klaren Gedanken fassen.

Ich muss zur Polizei gehen, sagte er sich.

Aber gleich darauf kamen ihm Zweifel.

Werden die Beamten mir glauben, wenn ich ihnen erzähle, was ich erlebt habe? Ich habe

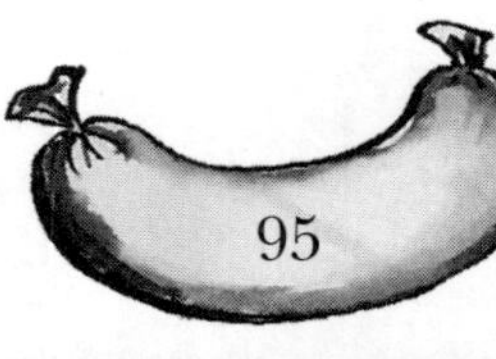

doch keinerlei Beweis. Und keinen Zeugen. Nein. Erst muss ich noch mehr über die Gangster erfahren. Über ihre Methoden. Und über das Ausmaß ihrer verbrecherischen Geschäfte. Und ich muss verhindern, dass sie noch weitere Metzger mit Kängurufleisch beliefern. *Känguru-fleisch – vergogna,* pfui!

12

Als Heribert Sack am nächsten Tag in der Schule fehlte, ging ein Gerücht um: Herr Sack hat sich ein Bein gebrochen.

Von Rinderwahnsinn redete niemand.

Wie das? Benny und José hatten doch miterlebt, wie ihr Lehrer sichtlich verwirrt und mit gesunden Beinen aus dem Haus getragen wurde.

Nun, auch dies war Kommissar Spaghettis Werk. Er wusste, in einem kleinen Ort wie Lummelsbach spricht sich alles herum – wenn man es nur nachdrücklich genug unter die Leute bringt. Und: nichts konnte Herrn Sack mehr schaden und hinderlicher für die anstehenden Nachforschungen sein als das Gerücht, er sei – als erster Mensch! – an Rinderwahnsinn erkrankt. Denn wenn sich *das* rumspräche, dann wäre in Lummelsbach der Teufel los. Dann würden die Zeitungsreporter, Hörfunkjournalisten und TV-Berichterstatter schwarenweise in den gemütlichen Ort einfallen und Herrn Sack selbst im Krankenhaus keine ruhige Minute gönnen. Aber Ruhe, die brauchte er jetzt. Da war sich Giacomo sicher. Denn woran der füllige Lehrer tatsächlich erkrankt war, darüber hatte er seine eigene Theorie. Vor allem seitdem er wusste, dass Rinderwahnsinn als Ursache für Heribert Sacks Probleme nicht in Frage kam.

Also hatte er eine Telefonkette angezettelt und seine Mitstreiterinnen und Assistenten gebeten überall rumzuerzählen, sie hätten gesehen, wie Herr Sack mit gebrochenem Bein ins Krankenhaus gebracht worden wäre. Leider vergaß er ihnen zu sagen, welches Bein. Deshalb beteuerten die einen, es sei das rechte gewesen, während die anderen auf das linke schworen. Die Folge davon war, dass am nächsten Morgen halb Lummelsbach überzeugt war, der dicke Lehrer aus der Erich-Kästner-Schule hätte sich *beide* Beine gebrochen – einschließlich Rektorin Nothnagel.

»Wahrscheinlich hat er geglaubt, er wär in einem Raumschiff, und ist aus dem Fenster gesprungen um schwerelos durchs Weltall zu schweben«, schimpfte sie, nachdem sie Frau Kertenbach-Besserkrott zwei Vertretungsstunden in Herrn Sacks Projektgruppe aufgebrummt hatte.

Ja, Frau Nothnagel war sauer. Aber nicht nur wegen Heribert Sack. Bei ihrem Schul-Kontrollgang war ihr auf der Mädchentoilette der Geruch von kaltem Zigarettenrauch in die Nase gekrochen.

»Mädchen und rauchen! Und dann auch noch auf dem Klo!«, wetterte sie, nachdem sie das Thema Sack abgehakt hatte. »Aber ich werde die Übeltäterinnen ertappen. Darauf können Sie Gift nehmen, Frau Kollegin!«

Die gütigste aller Lehrerinnen hörte gar nicht zu. Sie war mit ihren Gedanken bei dem armen Herrn Sack, der in ihrer Vorstellung mit zwei gewaltigen Gipsbeinen im Krankenhaus lag. Hoffentlich hat er keine Schmerzen, dachte sie. Am Nachmittag werde ich ihn besuchen. Mit einer Riesentüte Brötchen mit Rinderbraten. Der schmeckt ihm doch so gut.

Derweil Frau Kertenbach-Besserkrott in der großen Pause bei der Metzgerei Porkmann anrief um den Sackschen Superimbiss zu bestellen, versteckte sich ihre Schulleiterin auf dem Mädchenklo.

Mit Erfolg – wenn auch anders, als sie erwartet hatte.

Als zwei Mädchen – und zwar Anna-Maria und Manuela, aber das wusste Frau Nothnagel nicht – glaubten, sie seien allein im Toilettenraum, sprudelte Anna-Maria los: »Doch, ich bin ganz sicher: Die Geschäfte waren schon zu. Und schließlich hat meine Mutter genau vor der Metzgerei geparkt.«

»Metzgerei Schwart in Krumbach?«

»Ja, sag ich doch.«

»Und der Typ, das war wirklich Giacomo?«

»Mensch, ich bin doch nicht blind. Wer hier in der Gegend ist denn sonst noch zwei Meter lang, hm?«

»Okay. Aber du hast nicht gehört, was er gesagt hat.«

»Nein, aber ein paar Worte hat er so betont, die hätt ihm jeder von den Lippen abgelesen: *Ich muss sie war-nen, Herr Schwart,* hat er gesagt. Und dann immer wieder *ich, ich, ich* und: *Güns-tig verkau-fen. Sehr güns-tig.*«

»Na ja, aber … was schließt du daraus?«

»Hm, erst mal gar nichts.«

»Na ja, dann … wir fragen ihn halt.«

»Ich nicht.«

»Wir sagen's Kathrin. Die traut sich alles.«

»Von mir aus.«

Es gongte zur Stunde und die beiden rannten auf den Schulhof.

»Was schließt du daraus…«, murmelte Rektorin Nothnagel in ihren nicht vorhandenen Bart. »*Ich* weiß, was ich daraus zu schließen habe: Um eine unerlaubte Nebenbeschäftigung geht es hier, jawohl! Die Türschlösser im Jungenklo reparieren, dazu hat der feine Herr keine Zeit. Und die Schaukästen für die Projektwoche sind auch noch nicht aufgestellt. Aber nebenbei das große Geld mit Billigfleisch machen… Na warte, Herr Pomeriggio. Ich werde Sie der unerlaubten Nebenbeschäftigung überführen! Auf frischer Tat werde ich Sie ertappen! So wahr ich Isabella Nothnagel heiße!!«

Wenn es um Vorschriften ging, kannte Frau Nothnagel kein Pardon – um die Vorschriften für andere, versteht sich… Also legte sie sich auf die Lauer. Das heißt, sie setzte sich auf die Lauer. Und zwar in ihrem alten, grauen VW-Golf, den sie schlauerweise hinter einem in der Schulstraße abgestellten Lastwagen parkte – mit Blick auf das Schulhaus.

Ihre Geduld wurde auf eine harte Probe gestellt, denn erst am frühen Abend radelte der lange Hausmeister vom Schulhof auf die Straße.

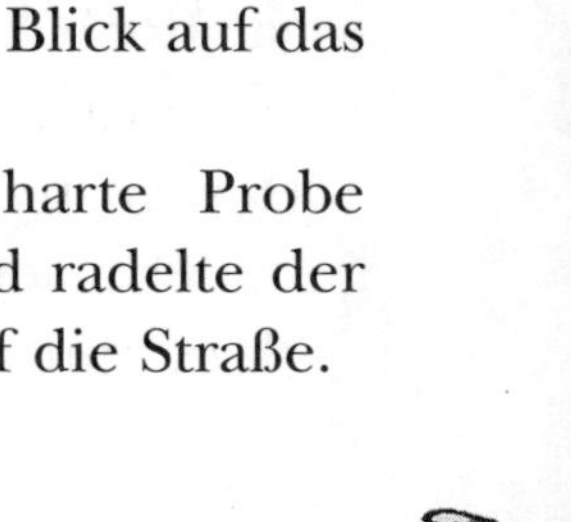

Frau Nothnagel hatte genug Krimis im Fernsehen gesehen um zu wissen, wie man mit einem Auto einen Radfahrer verfolgt. Und so machte sie es auch: Nicht im zweiten Gang hinterherschleichen – das fällt auf. Sondern immer, wenn der Radler aus dem Gesichtsfeld verschwindet, mit Tempo hinterher, und wenn er wieder auftaucht, scheinheilig am Straßenrand angehalten. Das letzte Mal stoppte Frau Nothnagel vor dem Lummelsbacher Bahnhof…

Kommissar Spaghetti stieg in den Zug nach Frankfurt – Oberkommissarin Gewitterziege auch. Kommissar Spaghetti stieg am Frankfurter Hauptbahnhof aus – Gewitterziege Nothnagel ebenso.

Wie eine Profi-Kriminalistin folgte sie ihrem Opfer und das Opfer drehte sich nicht einmal um. Denn es rechnete einfach nicht damit, verfolgt zu werden – schon gar nicht von Lummelsbach nach Frankfurt.

Selbst im Hotel verlor die kleine, hagere Schulleiterin den Hausmeister nicht aus den Augen – alle Achtung, Isabella Nothnagel! Sie sah sogar noch, wie er die Klinke von Zimmer 22 hinunterdrückte und in den Raum huschte…

Der Australier war ausgeflogen. Nicht ausgezogen, denn seine Sachen waren noch da.

Bene, gut, dachte Giacomo, dann schau ich

mich mal ein bisschen um … Vielleicht find ich hier ja Beweise um diesen Gangstern das Handwerk zu legen …

Drei Minuten später beobachtete Isabella Nothnagel, wie zwei Männer dem langen Italiener in das Hotelzimmer folgten. Einer von ihnen war außergewöhnlich vornehm gekleidet und rauchte wie ein Schlot. Der andere sprach mit Akzent.

Aha, Engländer!, dachte Frau Nothnagel.

Giacomo blieb einfach stehen, als die Tür aufging. Wo sollte er sich bei seiner Körpergröße auch verstecken.

Frau Nothnagel platzte fast vor Neugierde. Zu gern hätte sie gewusst, mit wem ihr undurchsichtiger Hausmeister sich hier in Frankfurt traf. Und warum er sich traf.

Nachdem sie zweimal an dem Zimmer 22 vorbeigehuscht war ohne etwas zu hören, blieb sie beim dritten Mal stehen und lauschte.

»Erzählen Sie doch keine Geschichten!«, sagte jemand in akzentfreiem Deutsch.

Das musste der Elegante sein.

»Wie ein Bulle sehen Sie nicht aus. Aber wie ein Privatschnüffler. Wer hat Sie engagiert?«

Frau Nothnagel schnappte nach Luft – das ist ja besser als der beste Actionfilm!

»Also, was ist? Machen Sie endlich den Mund auf oder soll Mr. Frigg ein bisschen nachhelfen?«

Frau Nothnagel schluckte – das … das war ja ernst!

»Rühren Sie mich nicht an, Sie … Sie Mörder!«

Mörder? Lieber Gott – der Pomeriggio ist in Gefahr! Da muss ich … da muss ich ja … Ja, was mach ich nur?

Ehe sie denken konnte, was sie tun könnte, tat sie es. Vollautomatisch. Wie in einem der Action-Thriller, die sie sich von Zeit zu Zeit in heimlichen Glotznächten reinzog.

Isabella Nothnagel drückte die Klinke von Zimmer 22 hinunter, stieß die Tür auf, ging schnurstracks auf den eleganten Zigarettenpaffer los, trat ihm mit ihrem Gesundheitstreter Marke Birkenstock gegen das Schienbein, schlug ihm mit ihrem Knirps auf das Handgelenk, fing die Pistole mit der anderen Hand auf, richtete sie auf den Typ mit dem vermeintlich englischen Akzent, kreischte »Los, auf den Boden!«, richtete sie auf den Eleganten, kreischte »Du auch!«, strahlte Kommissar Spaghetti an wie Madonna die Pressefotografen und sagte mit einer Stimme, die der olympischen Siegesfanfare glich: »Rufen Sie die Polizei, Herr Pomeriggio!«

»*Uno momento,* geliebete Signora Nothenagel!«, jubelte Giacomo, dann warf er seiner Retterin einen knallenden Handkuss zu, beugte sich zu ihr hinab und flüsterte ihr lange, lange Sekunden mehr als nur etwas ins Ohr.

Isabella Nothnagel staunte. Und nickte. Und staunte. Und nickte.

Und als Kommissar Spaghetti sich wieder aufrichtete, sagte sie: »Aber nur, wenn morgen die Schaukästen in der Pausenhalle hängen und alle Schlösser auf dem Jungenklo repariert sind.«

»Verrrsprochen! Verrrehrte Signora Nothenagel. Verrrsprochen!«

»Gut. Aber rufen Sie erst an, bevor Sie abhaun! Die Nummer ist 110.«

13

Kommissar Spaghettis Flucht hatte nur einen Sinn: Von ihm sollte die Polizei nicht erfahren, dass Metzger Porkmann Kängurufleisch aufgekauft und verarbeitet hatte.

Und von Frau Nothnagel auch nicht!

Denn – so seltsam das klingt – Giacomo zweifelte keine Sekunde daran, dass die sonst so korrekte Schulleiterin in diesem Fall beide Augen zudrücken würde. Nicht etwa, weil sie den Metzgersleuten helfen wollte. Nein. Das Gefühl, eine Situation extremer Bedrohung gemeinsam bestanden zu haben, das war es, was die Rektorin von einer gesetzestreuen Paragrafenreiterin zur Komplizin ihres Hausmeisters machte. So was schweißt zusammen – wenn auch nur für 48 Stunden …

Aber diese 48 Stunden reichten Kommissar Spaghetti um den *Porkmann-Plan* in die Tat umzusetzen, den er zwischen seinen beiden Besuchen im *Hotel am Turm* ausgeheckt hatte. Denn gänzlich ungeschoren sollte der Lummelsbacher Kängurumetzger nun auch nicht davonkommen. Und außerdem: Nachdem er Kathrin, José und

all die anderen Geheimnisträger in Sachen Rinder- und Känguruwahnsinn aus den entscheidenden Ermittlungen herausgehalten hatte, musste er ihnen einfach eine kleine Entschädigung zukommen lassen – auch wenn das Ärger mit den Eltern geben könnte.

Könnte! – denn dazu müssten die Eltern erst einmal Wind von der Sache bekommen ... Und wie sollten sie das? Schließlich vertrauten sie der Rektorin blind, als sie die angeblich »aktivsten Teilnehmer der Projektwoche« zu einer »Belohnungsübernachtung« in die Schulbücherei einlud.

Giacomo hatte Frau Nothnagel erzählt, er wollte den Jungen und Mädchen, die ihm bei der Lösung des Falles geholfen hätten, »in der heimeligen Bücherei-Atmosphäre« einen Kinderkrimi vorlesen, bevor sie in ihren mitgebrachten Schlafsäcken ins Reich der Träume entschlummern würden. Nun ja – alles brauchte die alte Nothnagel ja auch nicht zu wissen ...

Tatsächlich lauschten an diesem Abend Manuela und Anna-Maria, Mecki, Angela, Kathrin, José und Gameboy-Benny in der Schulbücherei Kommissar Spaghettis Worten.

Nur dass er nichts vorlas. Vielmehr erläuterte er ihnen seinen Plan. Den Porkmann-Plan ...

Drei Stunden später. Mitternacht. Beginn der Geisterstunde.

Der letzte Glockenschlag war eben verklungen, da schlichen sieben Schülerinnen und Schüler, ein dürrer, langer Kerl und ein Känguru durch einen gewissen Garten um ein gewisses Haus herum.

Der Garten gehörte der Familie Porkmann. Das Haus ebenso.

Aus dem zweiten Erdgeschoss-Fenster an der Rückseite des Hauses drangen Schnarchgeräusche.

»Das ist bestimmt der Metzger«, flüsterte Angela mit zittriger Stimme.

Kathrin nickte. »Der hat wieder ordentlich einen getankt, sonst würd er nicht so fest schlafen.«

Nachdem sich die ganze Bande draußen vorm Porkmannschen Schlafgemach versammelt hatte, untersuchte Kommissar Spaghetti das Fenster.

»Geklappt«, stellte er flüsternd fest.

»Und? Was machen wir jetzt?«

»Stellt euch auf!«

»Im Halbkreis?«

»Ja.«

Die Kinder bauten sich im Halbkreis vor dem Fenster auf. Das Känguru nahmen sie in die Mitte.

»Habt ihr den Text im Kopf?«

»Ja.«

»*Benissimo,* hervorragend! Aber erst auf mein Kommando. Und achtet darauf, wie ich dirigiere!«

Kommissar Spaghetti kratzte mit den Fingernägeln an der Fensterscheibe.

Drinnen rührte sich nichts.

Als Nächstes klimperte er mit dem Schlüsselbund.

Der Metzger schnarchte unverändert weiter.

Nun trommelte Giacomo mit den Knöcheln gegen die Scheibe, ließ die Nägel am Glas hinunterratschen und sprach dazu mit verstellter Stimme: »Kurt Porkmann, deine Zeit ist gekommen!«

Das wirkte.

Der Metzger schnarchte zwar noch. Aber eine Frauenstimme rief leise und ängstlich: »Kurt! Kurt! Wach auf, Kurt! Da ist was!«

Das musste Frau Porkmann sein.

»Was? Wie? Wo?«

Das war der Metzger.

»Draußen. Vorm Fenster. Sieh doch mal nach!«

»Unsinn. Du hast geträumt.«

»Nein, da ist was!«

»Na gut, wenn's dich beruhigt.«

»Jetzt!«, flüsterte Kommissar Spaghetti.

Er stellte sich mit dem Rücken neben das Fenster, so dass man ihn von drinnen nicht sehen konnte. Dann hob er die Hände – wie ein Dirigent.

Jemand zog die Gardine zurück.

Giacomos Hände flogen in die Höhe: das war das Zeichen für den Einsatz – den Sprecheinsatz – des Lummelsbacher *Känguru*-Chores. Denn genau das war das Bild, das sich Kurt Porkmann bot, als er schnaps- und schlaftrunken nach draußen spähte.

Da standen tatsächlich acht ausgewachsene Kängurus vor seinem Fenster. *Känguru-Gespenster!*

Denn dass nur das Wesen in der Mitte des Halbkreises ein echtes Beuteltier war, konnte der zu Tode erschrockene Metzger nicht wissen.

Genau wie Benny von Australien waren die Kinder in weiße Bettlaken gehüllt. Und während der Schädel des echten Kängurus aus dem Gespensterumhang hervorguckte, hatten sich seine menschlichen Kolleginnen und Kollegen das Linnen über die Köpfe gezogen.

Känguru Benny glotzte den Metzger an und der Metzger starrte zurück. Unbeweglich, vor Schreck wie gelähmt.

Durch die Gucklöcher, die Giacomo in die

Laken geschnitten hatte, sahen seine sieben Hilfskängurus, wie der Hausmeister die Hände rhythmisch hob und senkte, und im selben Takt sprachen sie leise und unheimlich ihren Text:

»Meister Porkmann, wir kommen dich holen! Du hast uns in den Känguruhimmel geschickt. Nun sollst du uns folgen. Komm, Meister Porkmann, deine Zeit ist um!«

Der Metzger stieß einen unterdrückten Schrei aus und taumelte zurück auf sein Bett.

»Weg hier!«, flüsterte Kommissar Spaghetti und stolperte, so schnell es die Dunkelheit erlaubte, mit seinem tierischen Hausgenossen auf und davon – und die weißgewandeten Hilfskängurus hinterher.

»Kurt! Kurt! Was ist denn?«, hörten sie Frau Porkmann noch rufen.

»Da ... da draußen! Die to ... die toten Kängurus!«, stammelte der Metzger und fiel in Ohnmacht.

Frau Porkmann stürzte ans Fenster – und sah nichts als öde Finsternis.

Am Tag darauf kam die Polizei. Aber nicht zu Familie Porkmann. Sondern zu Frau Nothnagel und Kommissar Spaghetti.

Die Beamten quetschten die beiden nach allen Regeln der Kriminalistenkunst aus.

Und nach allen Regeln der Verschwörerkunst hielten die kleine Rektorin und der lange Hausmeister dicht. Noch waren die 48 Stunden nicht um, für die die Retterin ihren Schützling ins Herz geschlossen hatte...

Als Kommissar Spaghetti zwei Tage später in die Metzgerei kam, war Frau Porkmann allein im Laden.

Giacomo hatte einen guten Draht zu ihr, deshalb fragte er sie frei heraus: »Ist Ihr Mann krank?«

Frau Porkmann bekam sofort feuchte Augen. Aber es huschte auch ein Lächeln über ihr Gesicht. »Endlich ist er so weit. Er macht eine Kur.«

»Wegen des Trinkens?«

»Ja. Es ist was passiert, vorgestern Nacht. Aber erzählen Sie's nicht weiter: Er hat Gespenster gesehen. Und das hat ihn dermaßen geschockt, dass er endlich begriffen hat: Wenn er so weitertrinkt wie bisher, bringt er sich um seinen Verstand.«

Kommissar Spaghetti musste sich arg zusammennehmen um nicht laut aufzulachen.

Verhalten lächelnd sagte er: »Da sieht man mal wieder, wozu Gespenster gut sind. Grüßen Sie Ihren Mann von mir! Ich drück ihm die Daumen, dass er es schafft, ganz von der Flasche wegzukommen.«

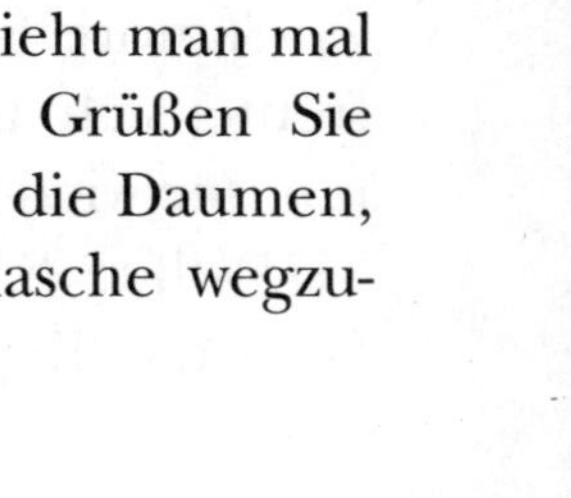

Frau Porkmann war so gerührt über diese herzliche Anteilnahme, dass ihr schon wieder die Tränen in die Augen stiegen. Und weil sie sich schämte, sagte sie schnell: »Ach ja, … äh … was darf es heute sein?«

»Zur Feier des Tages ein schönes Stück Braten«, trompetete Giacomo fröhlich durch die Metzgerei.

»Rinderbraten?«

Das hätte nicht kommen dürfen.

Nun verzog er das Gesicht, als wäre ihm eine Plombe aus dem Zahn gefallen. »*No, no,* das muss nicht sein. Für die nächsten Wochen ist mir Schwein lieber.«

Die Metzgerin warf ihm einen gleichzeitig verunsicherten und forschenden Blick zu. Und rot wurde sie dabei.

Aha, dachte Kommissar Spaghetti …

Zum Glück dauerte das peinliche Schweigen, das diesem aufschlussreichen Wortwechsel folgte, nur ein paar Sekunden – bis die Tür aufging und Herr Sack hereinkam.

»Signore Sack!«, rief Kommissar Spaghetti. Er freute sich aufrichtig den Dicken gesund und munter wiederzusehen.

»Wollen Sie kaufen eine Stück Fleisch für die Feier des Tages?«

»Jaja, äh … Fleisch … aber … wieso Feier?«, stotterte Herr Sack, weil er nicht so recht wusste, was er von dem Ausbruch an Lebensfreude halten sollte, mit dem der Italiener ihn empfing.

»Oh, ich dachte, Sie feieren die wuuundersame Heilung von Ihre gebrochene Beine?«

»Die Beine … nein, äh … das ist nur so ein … äh … dummes Gerücht. Ich weiß auch nicht, wer das … wie das … entstehen konnte.«

»So, eine Gerüchte! … Seltsam, seeeehr seltsam, Signore Sack.«

Kommissar Spaghetti zahlte und packte seinen Schweinebraten langsam und umständlich ein. Er wollte nämlich noch ein paar Takte mit Herrn Sack reden. Draußen vor der Metzgerei. Und außerdem war er neugierig, was der dicke Lehrer wohl kaufen würde.

»Drei Schweineschnitzel«, sagte Herr Sack zu Frau Porkmann, wobei er die Betonung auf *Schweine* legte. »Und dann noch zehn Paar Frankfurter und … äh … 500 Gramm gemischten Aufschnitt – *vom Schwein.*«

Wieder wurde die Metzgerin rot. Und diesmal warf sie dem Lehrer, und nicht Kommissar Spaghetti, einen gleichzeitig verunsicherten und forschenden Blick zu.

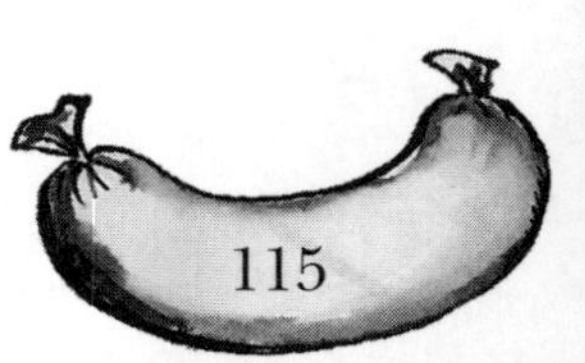

Herr Sack zahlte und verließ kurz nach dem Hausmeister die Metzgerei.

Giacomo hatte auf den Dicken gewartet.

Lächelnd versperrte er ihm den Weg und beugte sich zu ihm hinab.

»Hand aufs Herz, Herr Sack, Sie waren nix wirklich krank, hä?«

»Was ... wie ... woher wollen Sie das wissen?«

»Nun äh... Sie *konnten* nix haben die Rinderwahnsinn.«

»Wie ... wieso? Und überhaupt ... äh ... woher wollen Sie wissen ...«, stammelte der verdatterte Pauker von neuem los.

»Ganz einfach: Sie haben nix Rindfleisch gegessen.«

»Ich? Wieso? Doch! Natürlich! Und überhaupt...«

»Die Ärzte in Krankenhaus haben Sie gewisslich ebenso gesagt, wie ich Sie sage: Ihre Krankenheit war *psicosomatico* – mit eine Wort: *eingebildet,* Herr Sack!«

»Jaja, ... äh ... aber ... ich habe doch ... und das Fleisch...«

»War nix verseucht mit Rinderwahnsinn. Denn es war *nicht* von eine Rind.«

»Ri ... Ri ... Rindfleisch und nicht vom Rind?«,

stotterte Herr Sack – es fehlte nur noch, dass er wieder mit mu … mu … muss anfing!

»Nein«, antwortete Kommissar Spaghetti, »ich kann Sie nehmen alle Angst. Die Fleisch war von eine – *Känguru.*«

»Vom Kä … vom Känguru? Aber das ist doch … Unmöglich ist das! Dann würde ich ja, … dann hätte ich ja…«

Bei allem Zorn auf die australischen Kängurumetzger, Känguruhändler und Kängurugangster – jetzt musste Giacomo doch lachen. Denn als Heribert Sack so vor ihm stand – mit hängenden Ohren, die Hände im Hosenbund wie in einem *Beutel,* dazu dieses leichte Wippen aus den Knien heraus, als würde er jeden Augenblick loshüpfen – sah er einem Känguru ähnlicher als einem Lummelsbacher Lehrer.

»Höchstens«, kicherte Giacomo, »Sie haben sich angesteckelt mit *Känguruwahnsinn.*«

»Nein!«, rief Heribert Sack. »Nein!« – und hüpfte zu seinem Wagen.

Zapp dich durch!

ZAP Band 3
128 Seiten, Pappband
ISBN 3-451-70255-X

Im Zoo verschwinden eines Nachts 24 Äffchen, gleichzeitig werden jede Nacht im Stadtpark ein paar Mülleimer gestohlen. Als dann noch eine Lösegeldforderung auftaucht, ist klar: ZAP müssen selbst eingreifen, wenn die Affen noch eine Chance haben sollen. Der neue Fall für die ZAP-Crew ist extrem merkwürdig, deine Mithilfe dringend gefragt!!!

ZAP Band 4
128 Seiten, Pappband
ISBN 3-451-70252-5

Die ganze Schule trainiert für das große Streetbasketball-Turnier. Doch dann wird Jana Riedel, die Trainerin, auf offener Straße mit einem Basketball voll Diamanten verhaftet. ZAP glaubt an Janas Unschuld – doch wie sollen sie das beweisen? Nun liegt es an dir, die Lösung des Rätsels zu finden und den wahren Täter zur Strecke zu bringen.

KERLE
Freiburg • Wien